I0638087

Learn Dutch with Sea Stories

HypLern Interlinear Project
www.hyplern.com

Second edition: 2025, May

Author: Joseph Cohen
Translation: Kees van den End
Foreword: Camilo Andrés Bonilla Carvajal PhD

ISBN: 978-1-989643-64-8

kees@hyplern.com
www.hyplern.com

Learn Dutch with Sea Stories

Interlinear Dutch to English

Author
Joseph Cohen

Translation
Kees van den End

HypLern Interlinear Project
www.hyplern.com

The HypLern Method

Learning a foreign language should not mean leafing through page after page in a bilingual dictionary until one's fingertips begin to hurt. Quite the contrary, through everyday language use, friendly reading, and direct exposure to the language we can get well on our way towards mastery of the vocabulary and grammar needed to read native texts. In this manner, learners can be successful in the foreign language without too much study of grammar paradigms or rules. Indeed, Seneca expresses in his sixth epistle that "Longum iter est per praecepta, breve et efficax per exempla[1]."

The HypLern series constitutes an effort to provide a highly effective tool for experiential foreign language learning. Those who are genuinely interested in utilizing original literary works to learn a foreign language do not have to use conventional graded texts or adapted versions for novice readers. The former only distort the actual essence of literary works, while the latter are highly reduced in vocabulary and relevant content. This collection aims to bring the lively experience of reading stories as directly told by their very authors to foreign language learners.

Most excited adult language learners will at some point seek their teachers' guidance on the process of learning to read in the foreign language rather than seeking out external opinions. However, both teachers and learners lack a general reading technique or strategy. Oftentimes, students undertake the reading task equipped with nothing more than a bilingual dictionary, a grammar book, and lots of courage. These efforts often end in frustration as the student builds mis-constructed nonsensical sentences after many hours spent on an aimless translation drill.

Consequently, we have decided to develop this series of interlinear translations intended to afford a comprehensive edition of unabridged texts. These texts are presented as they were originally written with no changes in word choice or order. As a result, we have a translated piece conveying the true meaning under every word from the original work. Our readers receive then two books in just one volume: the original version and its translation.

The reading task is no longer a laborious exercise of patiently decoding unclear and seemingly complex paragraphs. What's more, reading becomes an enjoyable and meaningful process of cultural, philosophical and linguistic learning. Independent learners can then acquire expressions and vocabulary while understanding pragmatic and socio-cultural dimensions of the target language by reading in it rather than reading about it.

Our proposal, however, does not claim to be a novelty. Interlinear translation is as old as the Spanish tongue, e.g. "glosses of [Saint] Emilianus", interlinear bibles in Old German, and of course James Hamilton's work in the 1800s. About the latter, we remind the readers, that as a revolutionary freethinker he promoted the publication of Greco-Roman classic works and further pieces in diverse languages. His effort, such as ours, sought to lighten the exhausting task of looking words up in large glossaries as an educational practice: "if there is any thing which fills reflecting men with melancholy and regret, it is the waste of mortal time, parental money, and puerile happiness, in the present method of pursuing Latin and Greek[2]".

Additionally, another influential figure in the same line of thought as Hamilton was John Locke. Locke was also the philosopher and translator of the Fabulae AEsopi in an interlinear plan. In 1600, he was already suggesting that interlinear texts, everyday communication, and use of the target language could be the most appropriate ways to achieve language learning:

> ...the true and genuine Way, and that which I would propose, not only as the easiest and best, wherein a Child might, without pains or Chiding, get a Language which others are wont to be whipt for at School six or seven Years together...[3]

---

1   "The journey is long through precepts, but brief and effective through examples". Seneca, Lucius Annaeus. (1961) Ad Lucilium Epistulae Morales, vol. I. London: W. Heinemann.

2   In: Hamilton, James (1829?) History, principles, practice and results of the Hamiltonian system, with answers to the Edinburgh and Westminster reviews; A lecture delivered at Liverpool; and instructions for the use of the books published on the system. Londres: W. Aylott and Co., 8, Pater Noster Row. p. 29.

3   In: Locke, John. (1693) Some thoughts concerning education. Londres: A. and J. Churchill. pp. 196-7.

Who can benefit from this edition?

We identify three kinds of readers, namely, those who take this work as a search tool, those who want to learn a language by reading authentic materials, and those attempting to read writers in their original language. The HypLern collection constitutes a very effective instrument for all of them.

1. For the first target audience, this edition represents a search tool to connect their mother tongue with that of the writer's. Therefore, they have the opportunity to read over an original literary work in an enriching and certain manner.

2. For the second group, reading every word or idiomatic expression in its actual context of use will yield a strong association between the form, the collocation, and the context. This will have a direct impact on long term learning of passive vocabulary, gradually building genuine reading ability in the original language. This book is an ideal companion not only to independent learners but also to those who take lessons with a teacher. At the same time, the continuous feeling of achievement produced during the process of reading original authors both stimulates and empowers the learner to study[1].

3. Finally, the third kind of reader will notice the same benefits as the previous ones. The proximity of a word and its translation in our interlinear texts is a step further from other collections, such as the Loeb Classical Library. Although their works might be considered the most famous in this genre, the presentation of texts on opposite pages hinders the immediate link between words and their semantic equivalence in our native tongue (or one we have a strong mastery of).

---

1 Some further ways of using the present work include:

1. As you progress through the stories, focus less on the lower line (the English translation). Instead, try to read through the upper line, staying in the foreign language as long as possible.

2. Even if you find glosses or explanatory footnotes about the mechanics of the language, you should make your own hypotheses on word formation and syntactical functions in a sentence. Feel confident about inferring your own language rules and test them progressively. You can also take notes concerning those idiomatic expressions or special language usage that calls your attention for later study.

3. As soon as you finish each text, check the reading in the original version (with no interlinear or parallel translation). This will fulfil the main goal of this

collection: bridging the gap between readers and original literary works, training them to read directly and independently.

Why interlinear?

Conventionally speaking, tiresome reading in tricky and exhausting circumstances has been the common definition of learning by texts. This collection offers a friendly reading format where the language is not a stumbling block anymore. Contrastively, our collection presents a language as a vehicle through which readers can attain and understand their authors' written ideas.

While learning to read, most people are urged to use the dictionary and distinguish words from multiple entries. We help readers skip this step by providing the proper translation based on the surrounding context. In so doing, readers have the chance to invest energy and time in understanding the text and learning vocabulary; they read quickly and easily like a skilled horseman cantering through a book.

Thereby we stress the fact that our proposal is not new at all. Others have tried the same before, coming up with evident and substantial outcomes. Certainly, we are not pioneers in designing interlinear texts. Nonetheless, we are nowadays the only, and doubtless, the best, in providing you with interlinear foreign language texts.

Handling instructions

Using this book is very easy. Each text should be read at least three times in order to explore the whole potential of the method. The first phase is devoted to comparing words in the foreign language to those in the mother tongue. This is to say, the upper line is contrasted to the lower line as the following example shows:

Hij	kwam	langs	een	onaanzienlijk	gebouw,	en	keek	er
He	came	by	an	insignificant	building	and	looked	there

naar	binnen.
to	inside

The second phase of reading focuses on capturing the meaning and sense of the original text. As readers gain practice with the method, they should be able to focus on the target language without getting distracted by the translation. New users of the method, however, may find it helpful to cover the translated lines with a piece of paper as illustrated in the image below. Subsequently, they try to understand the meaning of every word, phrase, and entire sentences in the target language itself, drawing on the translation only when necessary. In this phase, the reader should resist the temptation to look at the translation for every word. In doing so, they will find that they are able to understand a good portion of the text by reading directly in the target language, without the crutch of the translation. This is the skill we are looking to train: the ability to read and understand native materials and enjoy them as native speakers do, that being, directly in the original language.

Hij	kwam	langs	een	onaanzienlijk	gebouw,	en	keek	er
He	came	by						ere

naar binnen.
~~to~~   inside

In the final phase, readers will be able to understand the meaning of the text when reading it without additional help. There may be some less common words and phrases which have not cemented themselves yet in the reader's brain, but the majority of the story should not pose any problems. If desired, the reader can use an SRS or some other memorization method to learning these straggling words.

Hij kwam langs een onaanzienlijk gebouw, en keek er naar binnen.

Above all, readers will not have to look every word up in a dictionary to read a text in the foreign language. This otherwise wasted time will be spent concentrating on their principal interest. These new readers will tackle authentic texts while learning their vocabulary and expressions to use in further communicative (written or oral) situations. This book is just one work from an overall series with the same purpose. It really helps those who are afraid of having "poor vocabulary" to feel confident about reading directly in the language. To all of them and to all of you, welcome to the amazing experience of living a foreign language!

Additional tools

Check out shop.hyplern.com or contact us at info@hyplern.com for free mp3s (if available) and free empty (untranslated) versions of the eBooks that we have on offer.

For some of the older eBooks and paperbacks we have Windows, iOS and Android apps available that, next to the interlinear format, allow for a pop-up format, where hovering over a word or clicking on it gives you its meaning. The apps also have any mp3s, if available, and integrated vocabulary practice.

Visit the site hyplern.com for the same functionality online. This is where we will be working non-stop to make all our material available in multiple formats, including audio where available, and vocabulary practice.

Table of Contents

De Zeemeermin van Edam

De Zeemeermin van Edam
The Sea-mermaid of Edam
(Mermaid)

Nog voor de tijd dat hertog Albrecht van Beieren
Even before the time that duke Albrecht of Beieren

over Holland regeerde, kwam eens op een keer
over Holland ruled came once upon a time

de tijding, dat in het Purmermeer een zeemeermin
the message that in the Lake of Purmer a sea-mermaid
(mermaid)

was gevangen.
was imprisoned
(caught)

Zij had geleefd in de Zuiderzee, en ze had zich
She had lived in the Southsea and she had herself

steeds verborgen, als de vissers kwamen. Zij
all the time hidden if the fishermen came She

haatte de mensen.
hated the people

Zij hield alleen van het spel tussen golven en
She held only of the game between waves and
   loved only

zonneglans, als ze al zwemmende niet wist,
sun-glitter as she while swimming not knew

of het schuim van de zee was, of warm licht,
whether it foam of the sea was or warm light

waartussen haar blanke armen kliefden.
between which her white arms cleaved

De storm kwam op, en de wilde zee brak de
The storm came up and the wild sea broke the

dijken. De vloed voerde haar mee, en zij dreef
dikes The flood carried her along and she floated

het Purmermeer binnen, willoos, als was ze een
the Lake of Purmer in will-less as was she a

stuk hout. Ze kon de weg terug niet meer
piece (of) wood She could the way back not (any)more

vinden, en ze dook, om voedsel te zoeken. Met
find and she dove for food to find With

gewoven   wier   was   ze   bekleed   en   met   schelpen
woven   (sea)weed   was   she   dressed   and   with   shells

versierde   ze   zich.
decorated   she   herself

Men   herstelde   de   dijken,   en   de   Zuiderzee
One   repaired   the   dikes   and   the   Southsea
(The people)

trad   binnen   haar   gebied   terug,   uiteindelijk   niet
stepped   within   her   region   back   in the end   not

tegen   de   mensen   opgewassen.
against   the   people   waxed up
(strong enough)

Telkens   moest   de   zeemeermin   boven   komen;   en
Each time   must   the   sea-mermaid   up   come   and
(mermaid)

ze   zwom   dan   rustig   voort,   totdat   mensen
she   swam   then   calmly   forth   until that   people

naderden.   Dan   dook   ze   onder,   zolang   ze   kon,   en
approached   Then   dove   she   under   so-long   she   could   and
(as long as)

ze   werd   angstig,   als   de   mensen,   meestal   waren
she   became   fearful   as   the   people   mostly   were

het vrouwen, die boten met vee voortroeiden,
it women who boats with cattle forth-rowed

haar konden zien.
her could see

Ze wist niet, dat ook de mensen bang voor haar
She knew not that also the people afraid for her (of)

waren, al was hun nieuwsgierigheid even
were although was their curiosity as

groot als hun vrees. Telkens dichter kwamen de
big as their fear Each time closer came the

vrouwen en maagden met hun boten bij de plaats,
women and maidens with their boats to the place

waar zij zwom, en ze bemerkten, dat het slechts
where she swam and they noticed that it only

een arme, weerloze zeemeermin was, en ze kon
a poor defenseless sea-mermaid was and she could (mermaid)

niets dan plassen en ploeteren in het water.
nothing (else) than splashing and slogging in the water

Eindelijk **hadden** **ze** **moed** **genoeg,** **om** **heel**
Finally   had   they   courage enough   for   very

dichtbij **haar** **te** **komen,** **en** **met** **sterke** **armen**
close to   her   to   come   and   with   strong   arms

hieven **ze** **haar,** **hoe** **ze** **zich** **ook** **verzette,**
lifted   they   her   how   she   herself also   resisted
                            how ever much she herself resisted

binnenboord. **Ze** **voeren** **met** **haar** **in** **de** **stad**
within-board   They   sailed   with   her   in   the city
(onboard)   (to)

Edam, **en** **iedereen** **verwonderde** **zich** **over**
(of) Edam and   everyone   astonished   themselves about

haar **wezen.** **Ze** **trachtte** **zich** **verstaanbaar** **te**
her   being   She   tried   herself understandable   to
        (existence)

maken, **en** **men** **deed** **moeite** **haar** **woorden** **te**
make   and   one   made   (an) effort her   words   to
          (the people)

begrijpen: **deze** **waren** **echter** **zo** **vreemd,** **dat** **het**
understand   these   were   however   so   strange   that   it

geen **taal** **van** **mensen** **kon** **zijn.**
no   language of   people   could be

Men ontnam haar haar kleding van wier, dat
One took away (of) her her clothing of (sea)weed that
(They)

haar als een lange, golvende mantel dekte, en men
her as a long wavy cloak covered and one
(they)

trok haar vrouwenkleren aan. Ook leerde men
pulled her women's clothes on Also taught one
dressed her with women's clothes (they)

haar het voedsel der mensen eten: echter zij
her the food of the people to eat however she

hield van vis en zeeplanten, en stikte zowat in
held of fish and sea plants and choked almost in
loved

het droge brood dat de mensen op het vasteland
the dry bread that the people on the hard-land
(mainland)

gebruiken.
use

Ze verlangde er hevig naar, om weer in het
She longed -there- intensely -to- for again in the

vrije water te leven, en met haar vrienden de
free water to live and with her friends the
(open)

7

wind en de golven te spelen. Telkens liep ze
wind and the waves to play Each time walked she

naar buiten, om zich in het meer te werpen en
-to- outside for herself in the lake to throw and

met de grootste moeite hield men haar tegen.
with the greatest trouble held one her against
(they) (back)

Veel volk kwam haar bezien, en men sprak
Many people came (to) her behold and one spoke
(they)

overal in het land van haar.
everywhere in the country of her

Ook de bewoners van Haarlem, een machtige stad,
Also the inhabitants of Haarlem a powerful city

hoorden van het wonder vertellen en ze zonden
heard of the miracle tell and they send

burgers uit, om haar in levende lijve te
citizens out for her in living body to

aanschouwen. Ze keerden terug en zeiden:
behold They turned back and said

"Het is een mooie zeemeermin, die men ons in
It   is   a   beautiful   sea-mermaid   who one (they) us in
(mermaid)

Edam getoond heeft."
Edam   showed   -has-

"Wanneer het een mooie zeemeermin is,"
When   it   a   beautiful   sea-mermaid   is
(mermaid)

mompelde een burger, "dan
muttered   a   citizen   then

komt ze Haarlem méér toe dan Edam."
comes she Haarlem more to than Edam
belongs she to Haarlem more

Haarlem was in die tijd veel sterker dan Edam en
Haarlem was in that time much stronger than Edam and

kon zo haar wil opleggen aan het veel kleinere
could thus her will lay on to the much smaller
force on

stadje.
town

Toen keerden zij, die haar gezien hadden, naar
Then turned they who her seen had to

het   stadje   aan   de   Zuiderzee   terug,   en   ze
the   town   by   the   Southsea   back   and   they

vroegen,   of   Haarlem   de   zeemeermin   bezitten
asked   whether   Haarlem   the   sea-mermaid   possess
                                         (mermaid)

mocht.
might

De   Edammers   waren   hierover   zeer
The   people from Edam   were   here-about (about this)   very

bedroefd,   maar   ze   wilden   de   sterkere   stad   niet
sad   but   they   wanted   the   stronger   city   not

voor   het   hoofd   stoten.   Zij   ontvingen   de   burgers
for   the   head   bump   They   received   the   citizens
                  insult

van   de   trotse   stad   gastvrij   en   vroegen:
of   the   proud   city   hospitably   and   asked

"Wilt   u   haar   hebben?"
Want   you   her   have
Do you want her

"Ja."
Yes

Er was geen keus. De Haarlemmers voerden
There was no choice The people from Haarlem carried

de blanke buit met zich mee, en zo
the white booty with themselves -along- and thus

deed de zeemeermin haar intocht in de stad
did (made) the sea-mermaid her entry in the city
(mermaid)

en werd naar het grote plein in de stad gevoerd
and became to the great square in the city led

en tentoongesteld.
and presented

Nu was de zeemeermin nog verder weg van
Now was the sea-mermaid still (even) farther away from
(mermaid)

haar geliefde zee en haar soortgenoten. Haarlem
her beloved sea and her kind Haarlem

stond op het land tussen de Noordzee en de
stood on the land between the Northsea and the

Zuiderzee en had geen zeehaven en de grote
Southsea and had no sea-harbor and the large

wateren waren drooggelegd voor de landbouw.
waters were drained for the agriculture
(lakes) (had been)

Een rijke koopman van Haarlem kocht de
A rich merchant from Haarlem bought the

zeemeermin van zijn stadsgenoten en dwong haar
sea-mermaid from his fellow citizens and forced her
(mermaid)

zijn minnares te zijn, liet haar spinnen op een
his lover to be let her spin on a

spinnewiel en leerde haar een kruis te slaan en
spinning wheel and taught her a cross to strike and
to make the sign of the cross

naar de kerk te gaan.
to -the- church to go

De zeemeermin haatte meer en meer de mensen
The sea-mermaid hated more and more the people
(mermaid)

en de gevangenissen die ze maakten voor haar
and the prisons that they made for her

lichaam en haar ziel. Ze dacht alleen maar aan
body and her soul They thought alone just on
only of

het water en als de wind uit het Westen waaide
the water and if the wind from the West blew

kon ze de zoute zeelucht ruiken en werd ze
could she the salty sea air smell and became she

bijna gek van verlangen.
almost crazy of desire

Op een zondag had ze zo'n weerzin tegen haar
On a sunday had she such a repulsion against her
(felt)

leven als gevangene op land, dat ze de houten
life as (a) prisoner on land, that she the wooden

kerk en daarmee de stad in brand stak. Dit was
church and there-with the city in fire stuck This was
(with that)

de grote brand van 1328 in Haarlem. Zo ontkwam
the great fire of 1328 in Haarlem So escaped

de zeemeermin naar de Noordzee, die slechts op
the sea-mermaid to the Northsea that only at
(mermaid)

een paar kilometer afstand van de stad ligt.
a few kilometers distance of the city lies

De zeemeermin beklom de duinen en keek over
The sea-mermaid climbed the dunes and looked over
(mermaid)

de zonbelichte zee uit, en terwijl in de verte
the sunlit sea -out- and while in the distance

achter haar de stad brandde, daalde ze af naar
behind her the city burned descended she -off- to

het strand en wierp zich in de golven.
the beach and threw herself in the waves

Westenschouwen, het zal u berouwen

Westenschouwen, het zal u   berouwen
Westenschouwen   it shall you   rue
you shall be sorry for it

Lang geleden was Westenschouwen op Walcheren
Long   ago   was   Westenschouwen   on   Walcheren

een grote vissershaven, waarvan de schepen trots
a   large   fisher-harbor   where-from the   ships   proud
(from which)

de Noordzee bevoeren. Zij brachten rijke lading
the   Northsea   sailed   They   brought   rich   cargo

mee, iedere keer, dat ze de haven hadden
along   every   time   that they the harbor   had

verlaten, en de vissers werden overmoedig door
left   and the fishermen became   overconfident   by

hun welvaart, wreed en spottend van nature.
their   wealth   cruel   and mocking   of   nature

Zij	meenden,	dat	geen	haven	aan	die	van	hun
They	believed	that	no	harbor	to	that	of	them

gelijk	was,	en	ze	voelden	zich	als	trotse
equal	was	and	they	felt	themselves	like	proud

heersers,	die	met	harde	voetstappen	over	de	aarde
rulers	who	with	hard (loud)	foot-steps	over	the	earth

schrijden.
stride

"Wie	is	er	gelijk	aan	de	vissers	van
Who	is	-there-	equal	to	the	fishermen	of

Westenschouwen?"	dachten	ze.
Westenschouwen	thought	they

Eens	waren	ze	er	weer	op	uitgegaan,	en	ze
Once	were	they	-there-	again	on	gone out	and	they
	had they again gone out							

lieten	hun	netten	in	zee	zinken.	Het	duurde
let	their	nets	in	(the) sea	sink	It	lasted

niet	lang,	of	men	haalde	een	van	de	netten	op,
not	long	or (before)	one (they)	fetched	one	of	the	nets	up

en men vond een mooie zeemeermin, die
and one found a beautiful sea-mermaid who
  (they)   (mermaid)

smeekte, dat men haar weer zou loslaten.
begged that one her again would let loose
         (they)   (let go)

Doch de hoogmoedige schippers lachten slechts en
But the haughty skippers laughed only and

ze togen naar Westenschouwen terug, om hun
they went to Westenschouwen back for their

vangst te tonen. Nog nooit in hun herinnering
catch to show Yet never in their memory

hadden de vissers zulk een wonderlijke buit
had the fishermen such a wondrous booty

medegevoerd, en hun dronken hoogmoed deed
carried along and their drunk pride did

hen lachen om de smart van de blanke
them laugh about the grief of the white
                             (ivory colored)

vrouw.
woman

"Laat me gaan," riep ze in wanhoop, "vissers
Let me go called out she in desperation fishermen

van Westenschouwen, en u zult gezegend zijn."
of Westenschouwen and you will blessed be

Een andere stem kwam uit de zee, en hoewel ze
An other voice came from the sea and although she

zwaarder was van toon, klonk ze als de echo van
heavier was of tone sounded she as the echo of
(lower)

haar schaamte en haar leed. Men zag
her shame and her suffering One saw
(They)

buiten boord, en weder lachte men, gelijk sterke
outside board and again laughed one like strong
away from the ship (they)

mannen kunnen lachen, die zwakken
men can laugh who weaker (persons)

mishandelen.
mistreat
(abuse)

"Het is de zeemeerman," riep men elkaar van
It is the sea-merman called one each other from
(merman) (they)

de schepen toe, "hij zwemt met zijn kind in de
the ships -to- he swims with his child in the

armen."
arms

Groen zijn de haren van de zeemeerman, en gelijk
Green are the hairs of the sea-merman and like
(merman)

golven, opgeslagen door de Westenwind (als er
waves struck up by the Western wind if there
(blown up)

geen zonlicht is over de zee), vloeien ze groen
no sunlight is over the sea flow they green

over zijn schuimwitte rug. Het gelaat is bruin van
over its foamwhite back The face is brown of

kleur, als een stuk hout, dat veel dagen in
color as a piece (of) wood that many days in

zee heeft gedreven, en de baard warrelt er
(the) sea has drifted and the beard swirls -there-

in groene striemen omheen en over.
in green stripes around and over

Het   kindje,   dat hij in zijn armen droeg, had een
The   little child that he   in   his   arms   carried had a

blank hoofdje,   rug en beentjes,   en het   spartelde
white little head back and little legs and it   floundered
(swam splashing)

al   aardig   mee.   Naar   haar   beide   geliefden
already   quite   along   To   her   both   loved ones

strekte de zeemeervrouw haar armen uit.
stretched the   sea-mermaid   her   arms   out
(mermaid)

"O!" riep de zeemeerman huilend, "geef me haar
Oh   called the   sea-merman   crying   give   me   her
(merman)

terug,   want   we waren gelukkig, gemene   vissers.
back   because we   were   happy   mean   fishermen

Wat moet zij bij u doen? Ze zal zeker bij u
What must   she with you   do   She will surely with you

sterven."
die

Geen   der   wrede   mensen   antwoordde,   en   men
None of the   cruel   people   answered   and   one
(they)

zeilde de haven tegemoet. De zeemeerman vroeg
sailed the harbor towards The sea-merman asked
(merman)

niets meer, telkens dook hij naar boven, en hij
nothing (any)more each time dived he to up and he
up

zag alleen maar naar zijn vrouw, die bijna
saw alone but to his wife who almost
only

stervende was, en die hem met haar ogen, reeds
dying was and who him with her eyes already

omfloerst door de nevel van de dood, trachtte te
filled by the mist of -the- death tried to

onderscheiden van het zeeschuim en de golven.
differentiate from the seafoam and the waves

Het was een groot gejuich, waarmee de vissers
It was a great rejoicing where-with the fishermen
(with which)

aan wal sprongen! Een van hun tilde het net
on shore jumped One of them lifted the net

hoog, waarin het zeemeerminnetje gevangen
high where-in the little sea-mermaid caught
(little mermaid)

was,   en hij liet het bekijken door de gierende
was   and he let it behold by the shrieking
(had been)

vrouwen en de verwonderde kinderen.
women and the astonished children

De zeemeerman echter, die nu zeker wist, dat
The sea-merman however who now (for) sure knew that
    (merman)

men haar niet voor even zou houden, zwom tot
one her not for a bit would keep swam to
(they)

dicht bij het strand, en zijn armen strekte hij
close by the beach and his arms stretched he

naar haar uit, verlangend en vertwijfelend.
to her out longing and in desperation

"Op de bodem van de zee is ons huis, van
On the bottom of the sea is our home of

schelpen gebouwd, die wij hebben verzameld
shells build which we have gathered

schelp voor schelp. Haar laatste gedachte zal aan
shell for shell Her last thought will on
    (by)   (of)

't huis zijn, en wilt u haar doen sterven
the house be and want you her do die

dichtbij uw donkere aarde? Hebt genade!"
close by your dark earth Have mercy

De vrouwen en de mannen lachten, en ze
The women and the men laughed and they

voelden hun macht. Voor tederheid was geen
felt their power For tenderness was no

plaats in Westenschouwen, en men bond het net
place in Westenschouwen and one bound the net
(they)

aan de watertoren.
to the watertower

Men zag, hoe de meerman tot vlak bij de haven
One saw how the merman to flat by the harbor
(They) (right)

kwam, en zich zo hoog oprichtte, als hij kon.
came and himself so high up-extended as he could

Men hoopte, dat hij nog eens zou smeken om 't
One hoped that he yet once would beg for the
(They) (again)

leven van zijn vrouw. Maar hij zweeg en leed
life of his wife But he was silent and suffered

haar doodsstrijd mee, en 't was voor hem, wat
her death-battle along and it was for him what

voor een mens het stromen van bloed uit een
for a human the pouring of blood from an

slagader is.
artery is

Voor haar werd de lucht nevel, en die nevel
For her became the sky mist and that mist

naderde snel. Uiteindelijk moest ze er de ogen
approached fast Finally must she there the eyes

voor sluiten, en ze stierf met de gedachte aan 't
for close and she died with the thought on the
(of)

schelpenhuis op de zeebodem. Hij zag haar
shell-house on the sea-bottom He saw her

sterven, en strekte zijn armen naar haar uit. Zijn
die and stretched his arms to her out His

leed   was zijn toorn, en zijn toorn zijn leed;
suffering was his wrath and his wrath his suffering

zij werden één in zijn ziel.
they became one in his soul

Nog verder zwom hij in de haven, tot vlak bij de
Even farther swam he in the harbor until flat by the
(right)

kust. Alle inwoners van de machtige stad kwamen
coast All inhabitants of the mighty town came

tezamen aan het strand, want allen wilden
together to the beach because all wanted

spotten met zijn smart.
to mock with his grief

Welke wapens droeg de zeemeerman in zijn
Which weapons carried the sea-merman in his
(merman)

handen? Vuur om te verdelgen, golven om te
hands Fire for to destroy waves for to

verzwelgen? Zwaard om te steken, spies om te
devour Sword for to pierce spear for to

werpen, bijl om te hakken? Maar hij droeg geen
throw   axe   for   to   cut   But   he   carried   no

wapens.
weapons

Arme, arme zeemeerman! De mensen konden
Poor   poor   sea-merman   The   people   could
      (merman)

vrijuit met hem spotten. Ze hadden hem niet te
freely   with   him   mock   They   had   him   not   to
      mock him

vrezen. Ze wezen naar hem met hun vingers, en
fear   They   pointed   to   him   with   their   fingers   and

lachten hem uit.
laughed   him   out
    at him

Hij stoorde zich niet aan hun hoon. Hij had
He   minded   himself   not   to   their   scorn   He   had

wapens in de hand, waarvan de macht en het
weapons   in   the   hand   where-of   the   power   and   the
      (of which)

geweld de mensen van Westenschouwen nog niet
violence   the   people   of   Westenschouwen   yet   not

bekend was. Even was hij in zee gedoken, en
known was For a bit was he in (the) sea dived and
                 (had)

boven gekomen met wier en met zand, dat de
up   come   with (sea)weed and with sand that the

wegen naar de zee afsluit. Waar gisteren nog
roads   to   the sea closes off Where yesterday still

schepen konden varen, keert morgen het zachte
ships   could   sail   turns tomorrow the   soft

zand en het vleiend wier iedere boot.
sand and the soft flowing weed every boat

De zeemeerman tilde zijn handen in de hoogte,
The   sea-merman lifted his hands in the height
      (merman)

en deed het zand en het wier vallen in geulen
and did the sand and the (sea)weed fall in gullies

en   ondiepten.   Daarbij   zong   hij:
and   un-depths   Thereby   sang   he
     (shallows) (While doing that)

"Westenschouwen, Westenschouwen, Het zal u
Westenschouwen   Westenschouwen   It will you

berouwen, dat u genomen hebt mijn vrouwe ....
rue   that you   taken   have   my   lady

Westenschouwen zal daarom vergaan, de toren
Westenschouwen   shall   therefore   perish   the   tower

alleen zal blijven staan."
only   will   remain   standing

Langzaam zwom hij weg, om alleen te treuren in
Slowly   swam   he   away   for   alone   to   mourn   in

zijn schelpenhuisje samen met zijn moederloze
his   little shell house   together   with   his   motherless

kind, en niet keerde hij naar Westenschouwen
child   and   not   turned   he   to   Westenschouwen

terug. Maar het zand en het wier deden hun
back   But   the   sand   and   the   (sea)weed   did   their

stille en onstuitbare intocht, winden en stormen
silent   and   unstoppable   entry   winds   and   storms

en golven dreven het op, tot het de schepen
and   waves   drove (pushed)   it   up   until   it   the   ships

omsloot   met wurgend geweld.
around-locked with   choking   violence
(surrounded)

Toen vluchtten de mensen uit hun huizen, en het
Then   fleed   the people from their   homes and the

zand stoof op het strand. Het drong op,
sand spurted on(to) the beach   It pressed up

miljoenen korrels, het woei en stoof om de
millions (of) grains it blew and spurted around the

woningen heen, het legde zich in de straten neer.
houses   around it lied itself in the streets down

Als door de storm een dak inviel, boog het
As through the storm a roof fell in curved the
(because of)

zand zich hoog, en stortte door de opening naar
sand itself high and crushed through the hole -to-

beneden. Als een drempel vermolmde, een deur
down   As a threshold rotted away a door

uit zijn scharnieren werd gedraaid, warrelde het
from its hinges became turned swirled it

in de kamers en de keukens, en het bedekte de
into the rooms and the kitchens and it covered the

vloer.
floor

Het werd hoger en hoger, het klom op tegen de
It became higher and higher it climbed up against the
(got)

wanden, het drong zich in de spleten, 't maakte
walls it forced itself in the slits it made

hout en ijzer zwak. Als eindelijk een huis
wood and iron weak If finally a house

instortte, viel dit in een hoop mulle grond, en
crashed in fell it into a heap loose earth and

het zonk weg als een lichte last.
it sank away as a light burden

Het zand kwam niet, waar de toren stond. De
The sand came not where the tower stood The

toren werd gespaard, terwijl de stad dieper en
tower became saved while the city deeper and

dieper wegzakte. Wel woei het stof even om
deeper sunk away Indeed blew the dust for a while around

zijn stenen, doch deze schenen het terug te
its stones but these seemed it back to

kaatsen tot daar, waar de huizen begonnen. Zo
bounce to there where the houses started (And) so
(reflect)

verging Westenschouwen door de hoogmoed van
perished Westenschouwen by the pride of

haar inwoners.
her inhabitants

Het Vrouwenzand

Het Vrouwenzand
The   Womansand
(The Lady's Sandbank)

Een	paleis	van	prinsen,	hertogen	en	koningen	is
A	palace	of	princes	dukes	and	kings	is
							(has)

geweest	in	de	stad	Stavoren,	en	de	deuren	der
been	in	the	city	(of) Stavoren	and	the	doors	of the
				(in Frisia)				

burgerhuizen	waren	van	zuiver	goud.	Gelegen	was
citizen's houses	were	of	pure	gold	Situated	was

het	op	de	oever	van	het	Flevus-meer,	waarin	vele
it	on	the	banks	of	the	Flevus-lake	where-in	many
							(in which)	

rijke	rivieren	hun	water	stortten,	de	Cuyner,	de
rich	rivers	their	water	poured	the	Cuyner	the

Vecht,	de	IJsel,	en	een	stroom	van	het	Rijnwater,
Vecht	the	IJsel	and	a	stream	of	the	Rijnwater

komende	uit	het	sticht	Utrecht.
coming	from	the	sticht	Utrecht
			(province of)	

Geen   mooiere   haven   dan die   van Stavoren,   en
No   more beautiful harbor than that of   Stavoren   and

de burgers van Holland spraken met afgunst van
the citizens of   Holland spoke   with envy   of

de fraaie   stad, welker schepen talloos   waren op
the beautiful city   whose   ships   countless were   on

de Noordzee.
the Northsea

Er   woonde in Stavoren een weduwe, de   rijkste
There   lived   in Stavoren a   widow   the richest

van alle mensen. Ook   was zij de   hoogmoedigste,
of   all   people   Also was she the most haughty

en iedereen vreesde haar.
and everyone feared   her

Eens, dat   een van haar vaartuigen zeilklaar   lag,
Once   that one of   her   vessels   sail-ready   lay
                                                (ready for sailing)

liet zij de   schipper   bij   zich komen, en   zij   beval
let   she the skipper   at   her   come   and she   ordered
                (captain) (to)

hem te gaan, waar hij nog niet geweest was, en
him to go where he yet not been was and
(had)

het kostbaarste voor haar mede te brengen, wat
the most valuable for her along to bring what
to bring back

hij vinden kon.
he find could
could find

De prijs, die men vroeg, mocht hij betalen. "Het
The price that one asked was allowed he to pay It
(they)

moet het mooiste zijn, wat ooit mensenogen
must the most beautiful be what ever human eyes

aanschouwd hebben. Het moet heerlijker zijn om
behold have It must more glorious be -for-

te bezitten dan goud en zilver, en ieder in de
to possess than gold and silver and everyone in the

stad zal er van moeten spreken, mij benijdend
city shall there of must speak me envying

en huldigend tegelijkertijd om dat bezit! Ga!"
and praising at the same time for that possession Go

"Maar edele vrouw!" zei de schipper angstig, "hoe
But noble woman said the skipper fearful how
(captain)

zal ik weten, wat het mooiste is? Nooit heb ik
shall I know what the most beautiful is Never have I

iets gezien heerlijker om te bezitten dan
something seen more glorious -for- to possess than

goud en zilver. Is er geen ander, die u met
gold and silver Is there no other who you with

deze taak kunt belasten?"
this task can burden

"U bent de oudste van mijn schippers, u hebt de
You are the oldest of my skippers you have the
(captains)

verste reizen gemaakt, en daarom draag ik u op
farthest travels made and therefore bear I you on
I order you

het voor mij te zoeken. Als u iets vindt,
it for me to seek If you something find

waarvan u zegt: 'Ziehier, dit is edeler dan
where-of you say See here this is more noble than
(of which)

mensenhanden ooit schiepen, zie deze kleur en
human hands   ever   created   see   this   color   and

vorm,' dan zult u weten, dat u het voor mij
form   then   will   you   know   that   you   it   for   me

hebt gevonden. Zo niet, weet dan, dat u hier
have   found   So   not   know   then   that   you   here
                (If)

nooit meer hoeft terug te keren."
never   (any)more   need   back   to   turn
            may come back

"Ik zal mijn plicht volvoeren," sprak de man, "en
I   will   my   duty   fulfill   spoke   the   man   and

het rijkste, wat ik ooit heb gezien, zal ik voor u
the   richest   what   I   ever   have   seen   shall   I   for   you
            (that)

meebrengen."
   bring along
(bring back)

De volgende dag voer zijn schip af.
The   next   day   sailed   his   ship   -off-

In het onderruim had hij niets dan goudgeld
In   the   subspace   had   he   nothing   than   gold money
         (cargo hold)   (but)

geborgen, dat was van de rijke weduwe. Hij kwam
loaded   that was of the rich widow He came
belonged to

in vele steden, waar hij kostbare dingen zag,
in many cities where he valuable things saw

alles heerlijk, om te bezitten. Maar overdacht
everything glorious -for- to possess But pondered

hij dan, of hij nog nooit wat mooiers
he then whether he yet never what more beautiful
(anything)

had gezien, dan viel hem iets altijd in, dat
had seen then fell him something always in that
he always thought of something

nog kostbaarder was. Hij zag edel gouden
yet more valuable was He saw noble golden

drijfwerk, schitterende diamanten, geborduurde
drive-work sparkling diamonds embroidered
(hammered metal)

gewaden, Byzantijnsche tapijten, vreemd-gevormde
garments Byzantine tapestries strangely-formed

ringen en armbanden, goudbrocaat, doch het was
rings and bracelets golden brocade but it was

alles van mensenhanden, en hun gelijke trof hij
all of human hands and their equal found he

telkens weer.
each time again

Waren ook niet zelfs de deuren van de Stavorense
Were also not even the doors of the Stavoren

huizen van zuiver goud, en zou men niet met
houses of pure gold and would one not -with-
(they)

de vrouw spotten, die een schipper uitzond, om
the lady mock who a skipper sent out for
(captain)

haar 't kostbaarste te halen, terwijl deze slechts
her the most valuable to fetch while this (one) only

met iets terugkwam, dat bijna ieder in de
with something came back that almost everyone in the

stad kon kopen? Menige koopman en kramer
city could buy Many a merchant and peddler

vroeg hij:
asked he

"Laat mij 't mooiste zien, wat u heeft," maar
Let me the most beautiful see what you have but
(which)

als 't hem getoond was, schudde hij zijn hoofd
if it him showed was shook he his head
(when)

en zei droef:
and said sadly

"Dat zoek ik niet."
That seek I not

Eindelijk op zijn zwerftocht, kwam hij in een rijke
Finally on his wanderings came he in a rich

stad, waar hij nog nooit geweest was, Danzig is
city where he yet never been was Danzig is

haar naam. Hij begon er te vragen, wat hij
her name He began there to ask what he

overal gevraagd had, hij zocht vooral bij
everywhere asked had he searched mainly at

goudsmeden. En weer vond hij het niet.
gold smiths And again found he it not

Toen besloot hij ook deze stad te verlaten, en nog
Then decided he also this city to leave and even

verder Noordwaarts te varen. Hij had gehoord, dat
farther Northwards to sail He had heard that

er in verre streken dierenhuiden verkocht
there in far regions animal skins sold

werden, kostbaarder en zeldzamer dan hermelijn.
were more valuable and more rare than ermine

Die wilde hij kopen.
That wanted he to buy

Het was de laatste middag, dat hij nog in Danzig
It was the last afternoon that he still in Danzig

was.
was

Hij kwam langs een onaanzienlijk gebouw, en keek
He came by an insignificant building and looked

er naar binnen.
there -to- inside

De deur was geopend, en aldus zag hij het
The door was opened and so saw he the

kostbaarste, wat hij ooit gezien had, oneindig veel
most valuable what he ever seen had endlessly much
(which)

rijker dan goud en zilver, en mooier dan wat
richer than gold and silver and more beautiful than what

ooit door mensenhanden was vervaardigd.
ever by human hands was made
(had been)

Blij dacht hij:
Happy thought he

"Nu heb ik gevonden, wat mijn meesteres begeert.
Now have I found what my mistress desires

Welke prijs men ook zal vragen, dit kan ik rustig
Which price one also shall ask this can I calmly
(they) (assuredly)

kopen, want 't heeft grotere waarde dan het
buy because it has larger value than the

goud, dat in mijn schip geborgen is, ja dan
gold that in my ship loaded is yes than

alle goud ter wereld."
all gold on the world

Hij ging naar binnen, en was het spoedig met de
He went -to- inside and was -it- soon with the

koopman eens. Men laadde de kostbare waar in
merchant agreed One (They) loaded the valuable goods in

zijn schip, en enige uren later zeilde hij van
his ship and some hours later sailed he from

Danzig weer naar Stavoren.
Danzig again to Stavoren

De rijke vrouw had daar allang op zijn
The rich lady had there already long on his

terugkomst gewacht. Ze was al trots op haar
return waited She was already proud on her

schat, en ze glimlachte in haar fel verlangen.
treasure and she smiled in her fierce longing

Wat zou het zijn?
What would it be

Ze bezag peinzend haar blanke pols. Haar handen
She watched meditative her white wrist Her hands

vleiden haar blonde haar. Ze lachte tegen haarzelf
stroke her blond hair She smiled to herself

om haar schoonheid, die nog machtiger zou
for her beauty which still more powerful would

worden door wat de schipper meebrengen
become by (that) what the skipper bring along
(captain)

zou. Ze vertelde het overal, en ze spotte met
would She told it everywhere and she mocked -with-

alle andere vrouwen. Thans evenaarden ze haar
all other women Now equalled they her

bijna, doch als het schip er zou zijn, zou zij
almost but when the ship there would be would she

zich boven ieder mogen verheffen.
-herself- above everyone be able to lift
(rise)

Zij hield haar gedachten niet geheim. Openlijk
She kept her thoughts not secret Openly
(to herself)

sprak ze van het naderend geluk.
spoke she of the approaching happiness

"Zoals een ander een schip geladen is met
Like an other ship loaded is with

houtwerk of met vis, zó deed ik dat met goudgeld.
woodwork or with fish so did I that with gold money
(carpentry)

Ik weet wel, dat jullie allen rijk zijn, maar zoveel
I know for sure that you all rich are but so much

hebben jullie nog nooit samen gezien, en wat
have you still never together seen and what

ervoor gekocht zal worden, zal van mij zijn. O!
for it bought shall become will of me be Oh
(be) belong to me

Het zal niet meer lang duren."
It shall not (any)more long take

Het was reeds enige morgens daarna, dat ze
It was already some mornings after that she

gewekt werd door een luid geroep op straat.
woken up became by a loud calling on (the) street

Ze hoorde de naam van de schipper, en ijlings
She heard the name of the skipper and hurried
(captain)

kleedde zij zich, om naar de haven te gaan. Er
dressed she herself for to the harbor to go There

was niemand in Stavoren, die thuis bleef.
was nobody in Stavoren that at home remained

Kinderen drongen in dichte menigte op,
Children pressed in close crowd up

nieuwsgierig naar de kostbare schat.
curious to the valuable treasure

Men probeerde al te raden, wat het wezen
One tried already to guess what it be
(They)

kon. Men zag aan het gezicht van de schipper, dat
could One saw at the face of the skipper that
(They) (captain)

hij blij was.
he happy was

De edele vrouw trad naar voren, en riep met
The noble woman stepped to (the) front and called with

een stem, trillend van verwachting:
a   voice   shaking   of   expectation

"Zeg, wat je hebt meegevoerd."
Say   what   you   have   carried along

Niet lang wachtte hij met zijn antwoord, dat
Not   long   waited   he   with   his   answer   that

juichend luidde:
rejoicing   sounded

"O edele vrouw! zulke mooie tarwe als u nog
Oh   noble   voman   such   beautiful   wheat   as   you   yet

nooit hebt gezien."
never   have   seen

Toen voelde zij, hoe men met haar spotte. In
Then   felt   she   how   one (they)   -with-   her   mocked   In

plaats van dat zij anderen minachten kon,
stead   of   that   she   others   despise   could

minachtte men haar. Wat zou haar kunnen
despised   one (they)   her   What   would   her   be able

redden van de hoon, dat zij een kostbare schat
to save from the scorn that she a valuable treasure

verwachtte en slechts tarwe ontving?
expected and only wheat received

De schipper verwachtte haar geluk. Zijn
The skipper expected her happiness His
(captain)

eenvoudige, oprechte gelaat moet wel zorgeloos
simple sincere face must surely without worry

geweest zijn. Wat was er voor hem inderdaad
been are What was there for him indeed
have been

mooier dan deze zware tarwe, heerlijk voedsel!
more beautiful than this heavy wheat glorious food

Hij had veel graan gezien op zijn reizen, maar bij
He had much grain seen on his travels but at

de eerste blik in de onaanzienlijke Danzigse
the first glance in the insignificant Danzig

schuur had zijn volkshart geweten, dat er
shed had his people's heart known, that there

47

niets beters dan deze tarwe kon bestaan. Hij had
nothing better than this wheat could exist He had

zich van zijn opdracht gekweten.
himself of his assignment discharged

Het was het mooiste, dat ooit mensenogen
It was the most beautiful that ever human eyes

hadden aanschouwd. Het was heerlijker om te
had beheld It was more glorious -for- to

bezitten dan goud en zilver, en wie in de stad
possess than gold and silver and who in the city

zou er niet van moeten spreken, de vrouw
would there not of must speak the woman
(have to)

benijdend en huldigend tegelijkertijd? Konden
envying and praising at the same time Could

mensenhanden dit vervaardigen? Het was een
human hands this create It was a

goddelijke gave, die in zijn schip geladen was.
godly gift that in his ship loaded was

Ach! hoe slecht kende hij de rijke weduwe, die
Ah how bad knew he the rich widow who

hem had uitgezonden, en wier ijdelheid had willen
him had send out and whose vanity had wanted

pronken. Wat wist hij weinig van het hart van
to flaunt What knew he little of the heart(s) of

de Stavorense burgers, die stoepen hadden
the Stavoren citizens who sidewalks had

gebouwd van louter goud, alleen om meer te
build of just gold only for more to

schijnen dan de Hollanders! Zij hadden slechts
shine than the Dutch They had only

achting voor laag vertoon, en ze lachten wat
respect for low show and they laughed some
(spectacle) (just)

om de Danzigsche tarwe.
about the Danzig wheat

De rijke vrouw wist, dat zij de spot, de grootste
The rich woman knew that she the scorn the greatest

vijand van de ijdelheid, had te bestrijden, en ze
enemy of the vanity had to battle and she

riep de schipper toe:
called the skipper at
called at the captain

"Tarwe hebt u? En aan welke kant heeft u ze
Wheat have you And on which side have you them
(it)

geladen?"
loaded

"Aan bakboord."
On portside

"Welnu," hoonde ze, en ze wendde zich tot het
Well mocked she and she turned herself to the

volk, "werp ze dan over stuurboord maar weer
people throw them then over starboard but again
(just)

in zee."
in (the) sea

Zonder verweer voldeed hij aan haar bevel. Het
Without defense fulfilled he -to- her command The
(arguing)

graan, dat hij geladen had, loste hij in de
grain that he loaded had unloaded he in the
   (which)

golven. Lachende keken zij toe, de burgers van
waves Laughing looked they at the citizens of

Stavoren. Zou er ooit aan hun rijkdom een
Stavoren Would there ever to their wealth an

einde komen?
end come

Die lach voerde hen ten verderve.
That laugh carried them to the destruction

Want op de plaats, waar de tarwe gevallen was,
Because at the place where the wheat fallen was
   (had)

drong zand op temidden van de zee. Uit iedere
forced sand up in the middle of the sea From every

korrel graan scheen een korrel zand te komen,
grain (of) grain seemed a grain (of) sand to come

en nieuw zand dreef weer aan tegen 't
and new sand drifted again on against the

vastgezette. Vroeger was de haven van Stavoren
fixed-set Before was the harbor of Stavoren
(settled sand)

open geweest voor ieder schip, nu bedwongen
open been for every ship now forced

door de tiran was haar vrijheid beknot.
by the tyrant was her freedom curtailed

De armoede kwam in de trotse stad, en menige
The poverty came in the proud city and many a

burger dacht met weemoed aan de rijke tarwe,
citizen thought with melancholy to the rich wheat

roekeloos in zee geworpen.
recklessly in (the) sea cast

Het armoedigst van allen werd de vrouw, die de
The most poor of all became the lady who the

schuld in haar geweten had te dragen. Dat echter
guilt in her conscience had to carry That however

niet alleen was haar straf.
not alone was her punishment

Op het zand, het heet het Vrouwenzand, begon
On the sand it is called the Woman-sand began

de volgende zomer graan te groeien. Maar het had
the next summer grain to grow But it had

geen aren, er was geen korrel voedsel in.
no ears (of grain) there was no grain (of) food in (it)

Het diende voor niets, dit graan. Het groeide
It served for nothing this grain It grew

hoog en verging doelloos net als schijn en
high and perished purposeless just like appearance and

ijdelheid.
vanity

De Vliegende Hollander

De Vliegende Hollander
The Flying Dutchman

Een hulpeloos schip in de woedende storm, en
A helpless ship in the furious storm and

het land nabij. De golven sloegen tegen het
the land close The waves struck against the

zwakke hout, en de wind floot langs de zeilen.
weak wood and the wind whistled past the sails

De storm eindigde niet, en dreef het schip
The storm finished not and drove the ship
did not stop (pushed)

Westwaarts en Oostwaarts, Noordwaarts en
westward and eastward northward and

Zuidwaarts; geen stuurmanskunst kon het leiden.
southward no helmsman's art could it lead
(steer)

De storm was meester.
The storm was master
ruled

De kapitein van der Decken stond bij de mast, en
The captain van der Decken stood at the mast and
   Captain

had zijn handen tot vuisten gebald.
had his hands to fists balled
                       (clenched)

"De duivel! ik zal het land bereiken, al
The devil I will the land reach even
   Damned   reach the land

zou ik tot de jongste dag moeten varen."
would I until the youngest day have to sail
if I would have to sail until Judgment Day

"Hahaha," joelde de storm. "Hahaha," lachte de
Hahaha cried out the storm Hahaha laughed the

duivel. Aan dek van het schip sprak niemand
devil On deck of the ship spoke nobody

meer een woord. De wind floot. De golven
(any)more a word The wind whistled The waves

zwiepten en zweepten. Het land was nabij, en
swished and whipped The land was close and

bleef ver. De storm duurde voort, van
remained far The storm lasted forth from

eeuwigheid tot eeuwigheid, geen seconde ging
eternity to eternity no second went

voorbij, zonder de wind.
by without the wind

"Laat mij sterven," bad van der Decken. "Hahaha,"
Let me die prayed van der Decken Hahaha

joelde de storm.
cried out the storm

De wind dreef hem naar een rots.
The wind drove him to a rock
(pushed)

Te pletter zou 't schip nu lopen. Dit was het
To crusher would the ship now run This was the
The ship would now be crushed

einde. Maar de wind dreef hen weer terug. Een
end But the wind drove them again back A
(pushed) back again

kaper naderde. Was er niet een schip in nood?
privateer approached Was there not a ship in need

Zeker zou het rijke schatten aan boord dragen.
Surely would it rich treasures on board carry

Het was van een Hollander.
It was from a Dutchman

De storm lachte. Recht-aan zeilden de rovers
The storm laughed Straight-on sailed the robbers

op de buit toe. Hahahaha, als zij dichtbij waren,
on the booty to Hahahaha if they close were
towards the spoils

sloeg de wind de twee vaartuigen uit elkaar, en
struck the wind the two vessels out eachother and
apart

nooit kwamen ze weer tezamen.
never came they again together

"Hahaha," schreeuwde de duivel, "tot
Hahaha screamed the devil until

de jongste dag zul je varen, als je niet door de
the youngest day will you sail if you not through the
Judgment Day

trouw van een meisje wordt verlost. Maar
faithfulness of a girl become redeemed But

trouw bestaat niet op deze wereld. Haha! Zeil,
faithfulness exists not on this world Haha Sail
does not exist

nooit zul je rust vinden."
never will you rest find

"Laat mij eens in de zeven jaren aan land gaan,
Let me once in -the- seven years on land go

vind ik geen trouw, dan zal ik weer mijn schip
find I no faithfulness then shall I again my ship

bestijgen en zeilen, waar de storm mij slaat."
mount and sail where the storm me strikes
(embark) (blows)

"Eens in de zeven jaren, een enkele nacht, beloofd!
Once in the seven years a single night promised

Lach, alle duivels!"
Laugh all devils

Alle boze geesten lachten; maar boven deze lach
All evil spirits laughed but over this laugh

klonk de lach van de storm het hardst.
sounded the laugh of the storm the hardest
(loudest)

"Haha, zeven jaren geslagen aan zeven jaren
Haha seven years struck to seven years

worden de eeuwigheid. Op! wolken met bliksem,
become -the- eternity Up clouds with lightning

en gierende wind en regen, drijf mij aan tot
and shrieking wind and rain drive me on until
(howling)

de jongste dag. Vervloek de Vliegende Hollander.
the youngest day Curse the Flying Dutchman
Judgment Day

Ga door, eeuwig lachen."
Go on eternal laughing

En van alle kanten spotte de lach.
And from all sides mocked the laugh

Brieven waren er aan boord, die aan inmiddels
Letters were there on board which to meanwhile

gestorven mensen waren geschreven. Als de
died people were written If the
(passed away)

brieven maar bezorgd werden. Was er niet in de
letters but delivered became Was there not in the
(just) (would be)

verte een ander schip? De Vliegende Hollander
distance an other ship The Flying Dutchman

kwam langszij. "Neem brieven voor me mee!"
came alongside Take letters for me along

riep hij, en hij gooide in de gierenden storm
shouted he and he threw in the shrieking storm
                                               (howling)

alles over, wat hij kon.
all over what he could

Dan werden ze weer gescheiden. Wee het schip,
Then became they again separated Woe the ship

als de brieven niet aan de mast werden gespijkerd,
if the letters not to the mast became nailed
                                             (were)

en niet veilig bewaard bleven. Het schip dat de
and not safely guarded remained The ship that the

Vliegende Hollander had gezien zou dan tegen
Flying Dutchman had seen would then against

een rif stoten en vergaan.
a reef struck and perish

Om de zeven jaren was er een stille nacht. De
Around the seven years was there a silent night The
Every

sterren blonken. Stil lagen de golven. De
stars glistened Quietly lay the waves The

Hollander met zijn mannen stapten aan wal. De
Dutchman with his men (crew) stepped on shore The

wegen waren vredig, er was geen gerucht,
roads were peaceful there was no rumor

geritsel en niemand kwamen ze tegen.
rustling and nobody came they against
they met no-one

In de ochtend begon de storm weer, met
In the morning began the storm again with

duizelingwekkende, alles meeslepende lach. Ze
dizzying all dragging along laugh They

moesten aan boord, de ongelukkigen. Ze werden
must on board the unfortunates They were
(had to go)

geslingerd van golf tot golf, en het duurde weer
swung from wave to wave and it lasted again
(hurtled)

zeven jaren, zeven jaren na zeven jaren.
seven years seven years after seven years

Aan de kust van Schotland woonde een schipper
On the coast of Schotland lived a skipper
(captain)

op een eenzame berg. In zijn woning hing een
on a lonely mountain In his residence hung a

schilderij van een jonge, bleke man, en nooit had
painting of a young pale man and never had

de dochter van de schipper verlangd naar zang en
the daughter of the skipper longed to song and
(captain)

dans.
dance

In de avond, als alle andere jonge mensen
In the evening when all other young people

uit gingen, zat zij in haar huis, en bij 't
out went sat she in her house and at the
went to party (with)

flikkerend kaarslicht staarde zij naar het schilderij,
flickering candlelight stared she at the painting

zichzelf afvragend met angst en geluk, wie die
herself off-questioning with fear and happiness who that
wondering

jonge man kon zijn. Soms scheen het haar, of
young man could be Sometimes seemed it (to) her if (that)

de bleke lippen zich bewogen, en of er
the pale lips themselves moved and if (that) there

levende smart in zijn ogen was. Dan hoorde ze
living grief in his eyes was Then heard she

hem spreken.
him speak

"Kom ten dans op de altijd schuimende golven,
Come to the dance on the always foaming waves

als de storm de bruiloftsmuziek speelt. De zee is
when the storm the wedding music plays The sea is

onze zaal, de bliksem ons licht, de wind blaast
our hall the lightning our light the wind blows

met duizend doedelzakken. Verenig u met
with (a) thousand bagpipes Unite yourself with

mij in leven en dood, vraag niet naar zegen of
me in life and death ask not to (for) blessing or

vloek, als je mij liefhebt."
curse if you me dear have
(love)

"Ik heb u lief," fluisterde zij dan.
I have you dear whispered she then
love you

Het was in een vreselijke nacht, dat een schip
It was in a terrible night that a ship

haar vader's huis naderde. Alle zeilen waren
her father's house approached All sails were

gespannen, één doel had het zwarte schip: de rots.
tense one goal had the black ship the rock
(pulled taut)

"Hij zal te pletter stoten," riep de schipper.
He will to crusher strike called the skipper
crash

Hij ging met zijn kleine boot de Hollander
He went with his little boat the Dutchman

tegemoet. Hij riep hem uit de verte toe, dat hij
towards He called him from the distance -to- that he

in gevaarlijke branding was.
in dangerous surf was

"Kom aan boord," riep van der Decken. "Er zal
Come on board called van der Decken There will

u noch mij leed geschieden. Zeven jaren zijn
you (and) neither me harm happen Seven years are

voorbij. De zee zal roerloos worden."
over The sea will immobile become

De golven werden stil, nadat zijn stem had
The waves became quiet after that his voice had

gesproken. De stormwind zweeg. De Schot
spoken The storm wind became silent The Schot

kon rustig het zwarte schip bestijgen.
could calmly the black ship mount
(embark)

"Bij u moet ik zijn," zei de kapitein. "Laat mij
At you must I be said the captain Let me
(With)

één nacht in uw huis wonen, en alle schatten
one night in your house live and all treasures

aan boord zijn van u. Ga mee naar de kajuit, ik
on board are from you Go along to the cabin I
yours

zal u kostbaarheden tonen, zoals u ze nog
shall you valuables show like you them yet

nooit hebt gezien."
never have seen

Hij opende de kasten en laden, en zoals
He opened the cupboards and drawers and like

zonlicht, dat de duisternis opent, stroomden de
sunlight that the darkness opens flowed the

edelstenen naar alle zijden. De schragen van de
gems to all sides The trestles of the

kasten waren van goud. De laden waren
cupboards were from gold The drawers were

met zilver beslagen. De tafels waren van
with silver struck The tables were of
studded with silver

rozenhout, met ivoor ingelegd.
rose-wood with ivory laid in

"Dit alles is voor u als u mij één nacht
This all is for you if you me one night
All this

onderdak geeft," zei de Hollander.
under-roof give said the Dutchman
(shelter)

"Ga met mij mee," riep de schipper.
Go with me -along- called the skipper

"Heeft u een dochter?"
Have you a daughter

"Ja, heer", zei de schipper.
Yes lord said the skipper

"Ik zal met haar trouwen."
I will with her marry

"Een man zo rijk als u?"
A man so rich as you

"Is zij trouw? Geld en goed zijn van de Duivel,
Is she faithful Money and good(s) are of the Devil

de trouw is van God. Kunnen haar woorden
the faithfulness is of God Can her words

liegen?"
lie

"Zij is eerlijk, heer, en de leugen haat ze als de
She is honest lord and the lie hates she as the

Satan der mensheid."
Satan of the people

"Ik ga mee."
I go along

Hij trad 't huis binnen, en 't meisje kwam
He stepped the house in and the girl came

hem tegemoet, alsof hij een lang verwachte gast
him towards as if he a long expected guest

was. Zonder een woord te zeggen, wees ze naar
was Without a word to say pointed she at

het schilderij. Hij zette zich naast haar, en hij
the painting He set himself next (to) her and he

vroeg haar met diepe stem, of zij hem had
asked her with deep voice if she him had

verwacht.
expected

"Ja."
Yes

"Ook ik heb u gezocht, vele eeuwen
Also I have you sought many centuries

zocht mijn ziel de uwe. Want wij horen bij
looked for my soul the yours Because we belong with
my soul looked for yours

elkaar. Om de zeven jaren ging ik aan land,
each other Around the seven years went I on land
Every

om u te treffen, doch dit gebeurde nooit. Ik
for you to meet but this happened never I
to meet you

moest terugkeren in de wachtende storm."
must turn back in the waiting storm
(had to) (to)

"Ik zat bij uw beeld, omdat ik u al vroeger
I sat at your image because I you already earlier
(before)

had gezien. Waar? Waar? Ik kon 't antwoord niet
had seen Where Where I could the answer not

vinden. Ik zag naar uw lippen, eens had ik ze
find I looked at your lips once had I them

eerder gezien bij een levend mens. Waar? Waar?
before seen with a living human Where Where

Uw ogen, met al het leed, dat ik niet kende, en
Your eyes with all the suffering that I not knew and

dat ik toch al had ondervonden. Waar? Waar?
that I still already had experienced Where Where

Hoe? Ook mijn ziel heeft de uwe gezocht, en
How Also my soul has the yours sought and

zonder uw ziel was mijn ziel verlaten."
without your soul was my soul deserted

"Stil! is er geen storm?", vroeg de schipper
Quiet is there no storm asked the skipper

onrustig.
restless

"Wat spreekt u van storm? De avond is vredig."
What speak you of storm The evening is peaceful
do you speak

"Zijn er geen wolken aan de lucht, donker en
Are there no clouds on the sky dark and
(in)

dreigend?", vroeg de schipper, nog niet overtuigd.
threatening asked the skipper still not convinced

"Alle sterren schitteren", zei het meisje kalm.
All stars glitter said the girl calm
(shine)

"Roepen mijn mannen mij niet, dat ik weer aan
Call my men me not that I again on
Are my men not calling me

boord zal gaan?", vroeg de schipper weer.
board shall go asked the skipper again
(must)

"Het is stil op zee", zei het meisje beslist.
It is quiet on (the) sea said the girl decided

"Heeft u mij lief?" vroeg de schipper.
Have you me dear asked the skipper
Do you love me

"Ja", zei het meisje.
Yes said the girl

"U kent me. Weet u, wie ik ben?",
You know me Know you who I am

ging de schipper verder.
went the skipper on
continued the skipper

"Noem uw naam.", zei het meisje.
Name your name said the girl
(Say)

"Als ik mijn naam noem, zult u
If I my name name shall you
(say)

mij niet meer trouw willen zijn. Als u mij niet
me not (any)more faithful want to be If you me not
not want to be faithful to me anymore

meer trouw bent, wordt u vervloekt en zal ik
(any)more faithful are become you cursed and shall I
you will be cursed

eeuwig moeten dolen. Dat is de wet."
eternally must wander That is the law
(have to)

"Ik vrees de wet niet. Ik ben u trouw.", zei het
I fear the law not I am you faithful said the
faithful to you

meisje weer rustig.
girl again calmly

"Heeft u mijn naam ooit gehoord?"
Have you my name ever heard

"Niet de naam, die u nu draagt. Wel de naam,
Not the name that you now carry Well the name
(which) I did hear the name

die   ik liefhad in mijn dromen."
that   I   loved   in   my   dreams
(which)

"De Vliegende Hollander   heet   ik. Ik heb de
The   Flying   Dutchman   am called I   I   have the

Duivel verzocht, en   er   bestaat geen verlossing
Devil   tempted   and there exists   no   redemption

voor me, anders dan   door   u. Als ik   verlost
for   me   other   than through you If   I   redeemed

word, moet ik sterven. Niet een levend man
become must I   die   Not   a   living   man

heeft u lief."
have you dear
do you love

"Lief heb ik de   eeuwige ziel. Mijn ziel zoekt de
Dear have I your eternal soul My soul seeks -the-
       I love your eternal soul

uwe."
yours

"De storm steekt op in de verte.", zei de schipper,
The   storm sticks up in the distance said the skipper
            rises

luisterend.
listening

"Het is een ver gerucht, dat mensen maken."
It   is   a   far   rumor   that   humans   make
                (noise)   (people)

"Het is de storm. Luister!"
It   is   the   storm   Listen

"Ik ben niet bang," zei het meisje.
I   am   not   afraid   said   the   girl

"De golven slaan tegen mijn schip. De mannen
The   waves   strike   against   my   ship   The   men

roepen mij", zei de kapitein, zich gereedmakend
call   me   said   the   captain,   himself   readying

om te gaan.
for   to   go

"Ik ben bereid met u te gaan."
I   am   prepared   with   you   to   go

"Niet met mij. Blijf!"
Not   with   me   Stay

"Ik ga met u mee", zei het meisje vastbesloten.
I go with you along said the girl decided

"Ik wil niet, dat u met mij mee gaat. Liever wil
I want not that you with me along go Rather want

ik rusteloos zwerven, nu eeuwig rusteloos, want
I restless roam now eternally restless because

na deze dag vind ik u niet weer. De golven
after this day find I you not again The waves

zullen slaan, de storm zal huilen, en ik zal nooit
will strike the storm will cry and I shall never

meer aan land gaan, want ik heb er niets
more to land go because I have there nothing

meer te zoeken. Vaarwel."
(any)more to seek Farewell
(search for)

"Niet vaarwel." Ze legde haar armen om zijn
Not farewell She put her arms around his

hals. "De morgen is nog verre. Blijf bij mij. Nog
neck The morning is still far Stay with me Still

enige uren leven, samen leven."
some hours live together live

"Des te dieper is het ongeluk na zoveel
Of the to more deep is the unhappiness after so much
The more deep will be

geluk. Geen herinnering meer mag uw ziel, mijn
happiness No memory more may your soul my

ziel zoekend, bezitten. Ik zeg u, dat ik
soul seeking possess I say you that I

verdoemd wil zijn."
doomed want to be
want to be doomed

"Ik ben trouw. Uw noodlot is, dat ik trouw ben,
I am faithful Your fate is that I faithful am

en daarom zal ik moeten sterven, net als zovelen."
and therefore shall I must die just like so many

"Duizenden levens zijn in uw ene leven besloten.
Thousands (of) lives are in your single life locked in

Bedenk, dat het beter is, niet veel geluk te
Think that it better is not much happiness to

kennen. Laat me dus gaan."
know Let me thus go

"Ben ik niet een ziel aan u gelijk, zwervend in
Am I not a soul to you equal roaming in

eeuwigheid, gaande van tijd op tijd aan rustig
eternity going from time to time on calm

land? Trouw wil ik zijn."
land Faithful want I be
    I want to be faithful

"U zult 't niet zijn. Blijf leven."
You will it not be Stay alive

"Ik zeg geen vaarwel."
I say no farewell

"Ik verlaat u."
I leave you

"Ik ga met u."
I go with you

Zij gingen samen. De zee lag wijd voor hen.
They went together The sea lay wide before them

Bliksemsnel schreed hij over de golven naar 't
Fast as lightning strode he over the waves to the

wachtend schip. De storm werd luider: al aan
waiting ship The storm became louder already on

de horizon was zijn lach, door de schuimende
the horizon was his laugh by the foaming
(its)

golven meegedragen.
waves carried along

"Vaarwel!", antwoordde ze van de hoge rots. "Ik
Farewell answered she from the high rock I

wil bij u zijn. Ik ben u trouw tot in de
want with you be I am you faithful until in the
to be with you

dood."
death

Zij stortte zich in zee.
She plunged -herself- in (the) sea

Toen   kraakte   het   schip   in   zijn   gebinten,   en   de
Then   creaked   the   ship   in   his   trusses   and   the
                                         (its)

Vliegende   Hollander   zonk   in   de   zee,   verlost   van
Flying   Dutchman   sank   in   the   sea   freed   from

de   vloek.
the curse

Het Dodenschip

Het Dodenschip
The   Ship of the Dead

In   de   nacht   lag   het   dodenschip   voor   't   eiland
In   the   night   lay   the   ship of the dead   before   the   island

Walcheren.   Op   het   dek   stond   de
(of) Walcheren   On   the   deck   stood   the
(in the South West of the Netherlands)

zwijgende   schipper.   Geluidloos   werkte   de
silent   skipper   Soundless   worked   the
         (captain)   (Without making a sound)

bemanning,   en   de   stuurman   bij   het   roer
crew   and   the   helmsman   at   the   rudder

zag   peinzend   voor   zich   uit.   Op   alle   gezichten
saw   meditative   before   himself   out   On   all   faces
     was staring meditatively ahead

was   't   licht   van   de   maan,   maar   buiten   hen   was
was   the   light   of   the   moon   but   outside   them   was

het   donker.
it   dark

Van het schip gleed een door de maan wit
From the ship glided a through the moon white
(floated)

verlichte gedaante over het water naar het land,
lit up figure over the water to the land

naar het dorp. Het was haar onzichtbare hand die,
to the village It was her invisible hand that

wanneer iemand dood zou gaan, aan het venster
when someone die would go at the window
would pass away

klopte.
knocked

Overal, waar een mens moest sterven, klopte zij
Everywhere where a human must die knocked she

zo, stiller dan het ritselen van een blad. En
so more quiet than the rustling of a leaf And
(like that)

dan gleed de gedaante, aan wie de hand
then glided the figure, to whom the hand

behoorde, verder, één met de nacht, zonder een
belonged further one with the night without a

trilling, zonder een nevel.
tremble without a haze

En zoals een kind dromerig het blij geluid van
And like a child dreamily the happy sound of

trommel en fluit volgt, wanneer het zonlicht
drum and flute follows when the sunlight

schijnt, zo stond de dode op, en volgde de
shines so stood the dead up and followed the

geluidloosheid, die hem of haar voorafging.
soundlessness that him or her preceded

Het vreemde was, dat de dode de weg wist.
The strange (thing) was that the dead the way knew

Telkens stond hij even stil, als de hand der
Each time stood he for a while still when the hand of the
stopped he for a while

schrijdende gestalte een venster beroerde, om dan
striding figure a window touched to then

weer te volgen, wat een vormloze, kleurloze,
again to follow what a shapeless colorless

alleen maar voortgaande gedaante was.
only but proceeding figure was
  just

Voor één huis hadden de doden die de gedaante
Before one house had the dead who the figure

volgden langer te wachten dan anders. Het
followed longer to wait than (at) other (times) It

was bij een man, die tot de dood werd
was with a man who to -the- death became
  (was)

geroepen.
called

Altijd was deze al niet meer zo jonge man
Always was this already not (any)more so young man

gewend geweest de dingen van het leven te
used -been- the things of the life to

beheersen, en hij was over de wereld gegaan,
master and he was over the world gone
  had gone through the world

alsof ze een danszaal was. Nu moest hij sterven,
as if she a ballroom was Now must he die
  (were)

en hij wilde zich tegen de dood verzetten.
and he wanted himself against -the- death resist

Het wordt verteld, dat hij een jong meisje liefhad,
It becomes told that he a young girl loved
  (is)

en daarom niet met het dodenschip wilde varen.
and therefore not with the ship of the dead wanted to sail

Toen de hand aan het raam tikte, verzette hij
When the hand at the window tapped resisted he

zich met al zijn macht tegen de verlokking, en
himself with all his power against the temptation and
  (strength)

stil wachtte hij.
quietly waited he

De man voelde een hevige pijn, alsof men zijn ziel
The man felt a severe pain as if one his soul
  (they)

uit zijn lichaam probeerde te trekken. Om zich
out his body tried to pull Around himself
(from)

heen hoorde hij overal zacht gekerm, en 't
-to- heard he everywhere soft moaning and it

was, als klaagden en riepen duizenden stemmen
was as complained and called thousands (of) voices

van doden. Maar hij zag alleen de nacht, en de
of (the) dead But he saw only the night and the

door de maan verlichte gestalte, die langs het
by the moon lit up figure which by the

raam heen en weer gleed.
window to and back glided
(floated)

De man smeekte, om nog te blijven leven. "Een
The man begged to still to remain live One
to be allowed to stay alive

enkel jaar!" zo riep hij. "Laat mij nog een jaar van
single year so called he Let me still one year -of-

de wereld genieten."
the world enjoy

Nadat hij dit had gesmeekt, schreed de gestalte
After that he this had begged strode the shape

verder, en de andere doden volgden. Wat was het
further and the other dead followed What was the
(had)

vonnis geweest? Het gekerm van de doden was
verdict been The moaning of the dead was
(had)

opgehouden, en als de gedaante aan een venster
stopped and when the figure at a window

klopte, volgde de geroepene.
knocked followed the called one

Eindelijk kwamen ze allen bij het schip, en hun
Finally came they all at the ship and their

namen werden gefluisterd. De naam van de man
names were whispered The name of the man

was er niet bij. Ze stegen in het schip, en
was there not with They rose into the ship and

licht voer het over de zee, zonder dat de golven
light sailed it over the sea without that the waves

de romp raakten.
the hull touched

Het was, alsof ze op de vleugels van een vogel
It was as if they on the wings of a bird

door   de   ijle   lucht   zweefden.   Soms
through   the   thin   air   floated   Sometimes

kwamen   zij   een   ander   schip   tegen: dan   zwenkte
came   they   an   other   ship   against   then   turned
     met they another ship

hun   vaartuig   niet,   doch   het   ging   recht   door,   en
their   vessel   not   but   it   went   straight   on   and

weer   kraakte   geen   splinter   hout.
again   creaked   not   (a) splinter   (of) wood

De   net   gestorvenen   vroegen   de   schipper,
The   just   died (people)   asked   the   skipper (captain)

"Waarheen   varen   wij?"
Where-to   sail   we

Zacht   antwoordde   de   schipper:
Softly   answered   the   skipper (captain)

"Naar   't   land   van   de   mist   aan   de   overzijde   van
To   the   land   of   the   mist   on   the   over-side (other side)   of

de   zee.   Engeland   noemen   het   de   mensen.   Daar
the   sea   Angeland   name   it   the   people   There

zult u in nevelen opgaan."
shall you in mists dissolve

"Voor hoelang?"
For how long

"Weet u wat zeven miljoen jaren zijn? Weet u
Know you what seven million years are Know you

wat zeven honderd miljoen jaren zijn?"
what seven hundred million years are

"En dan...?"
And then

"Aan 't einde van de eeuwigheid is het begin
At the end of the eternity is the beginning

van de nieuwe eeuwigheid!"
of the new eternity

In de nevelen van Engeland voer het schip.
In the mists of Angeland sailed the ship

Schimmen van schemering wachtte hen, en leidden
Shapes of twilight awaited them and led

hen in 't geheimzinnig rijk. Werden ze één
them in the mysterious kingdom Became they one

met de nevel, of bleven zij toch bestaan binnen
with the mist or remained they still existent within

de nevel?
the mist

Eeuwig was het stil, en er woei geen klank
Eternally was it silent and there blew no sound

meer over van Zeeland, waar
(any)more over from Sealand where
(South-Westernmost Dutch Province)

de levenden wonen. Als in een bos, waar, wanneer
the living live As in a forest where when

de nacht nabij is, iedere klank bevreemding
the night close is every sound alienation

wekken, waren zij tezamen. Hoelang? Wie meet
wakes up were they together How long Who measures

de tijd in de eeuwigheid?
-the- time in -the- eternity

Het was de doden alsof ze slechts even in de
It was (for) the dead as if they only just in the

nevelen hadden vertoefd, maar het was een jaar in
mists had resided but it was a year in

een mensenleven, toen zij de gedaante weer op
a human life when they the figure again at

het schip zagen toeschrijden. Het schip lag
the ship saw stride towards The ship lay

zeilklaar, het had dezelfde bemanning. De schipper
sail-ready it had the same crew The skipper
(ready to sail) (captain)

stond op het dek, de stuurman aan het roer.
stood on the deck the helmsman at the rudder

Weer gleed het schip over de zee.
Again glided the ship over the sea
(floated)

Als een jaar geleden, zeilden zij over de zee,
As a year ago sailed they over the sea

geen golven raakten het schip, geen ander vaartuig
no waves touched the ship no other vessel

ontweken zij. Zelfs door de branding, in
avoided they Even through the surf in

bruisend, brekend water, gleden ze ijl, en zonder
foaming breaking water glided they thin and without
(floated)

schok kwamen zij aan land.
shock came they to land

"Volg uw weg," sprak de schipper.
Follow your road spoke the skipper
(captain)

Teerder dan een damp, die bij het overvloeien
More fragile than a damp which at the flowing over

van de ochtend in de volle dag het laatst op de
from the morning into the full day the last on the

akker blijft (even voordat het zonlicht ze
field remains just before the sunlight her

verenigd met de rest van de atmosfeer) sluierde
unites with the rest of the atmosphere veiled

de nevel van de boodschapper van de dood langs
the mist of the messenger of -the- death past

de dingen des levens. Het gaf niet, of het
the things of the life It gave not whether it
(mattered)

dag of nacht was.
day or night was

Weer ging de gedaante langs de huizen. Soms
Again went the figure along the houses Sometimes

bleef ze wachten, en haar hand raakte de ruiten
stayed she to wait and her hand touched the windows

aan, zonder te kloppen. De gedaante ging verder,
-on- without to knock The figure went further

totdat ze voor het huis van de man stond, die
until she before the house of the man stood who

vorig jaar niet sterven wilde. Als een ijle vochtige
last year not die wanted As a thin moist

mist die over het glas van het raam kruipt keek
mist that over the glass of the window creeps looked

ze naar binnen.
she -to- inside

De man die niet wilde sterven en zijn jonge
The man who not wanted to die and his young

vrouw zaten bij de wieg van een kind, en de
wife sat at the cradle of a child and the

jonge moeder neuriede een lied. De man had
young mother hummed a song The man had

zich voorovergebogen, om 't gezicht beter te
himself bent forward for the face better to

zien. Daarna klopte de gedaante op het raam,
see There-after knocked the figure on the window

onbewogen, het maakte haar niet uit of de
unmoved it made her not out whether the
mattered not to her

geroepene gelukkig of ongelukkig was: de dood
called one happy or unhappy was -the- death

riep hem.
called him

De man stond snel op.
The man stood quickly up

"Wat is er?" vroeg de jonge vrouw verschrikt:
What is there asked the young woman frightened
    (it)

"Niet dit jaar, niet dit jaar. Ik kan dit jaar nog
Not this year not this year I can this year yet

niet gemist worden. Ik ben gelukkig, neem een
not missed become I am happy take an

ongelukkige voor mij in de plaats."
unhappy one for me in -the- stead

Weer voelde de man een hevige pijn, alsof de
Again felt the man a severe pain as if -the-

dood de ziel uit zijn lichaam probeerde te
death the sould from his body tried to

trekken, en van alle kanten hoorde hij de
pull and from all sides heard he the

klagende stemmen van de gestorvenen:
complaining voices of the died ones

"Neem weg die smart. Breng hem bij ons."
Take away that pain Bring him to us

"Kom!" beval nu de gestalte de man. "Ga mee.
Come ordered now the figure the man Go along

Je bent de dood vervallen."
You are the death fallen to
    belong to death

"Nee, nee!" kreet de koppige man in angst, "kom
No no cried the stubborn man in fear come

het volgend jaar terug. Dan zal ik u zeker
the next year back Then shall I you surely

volgen."
follow

"Wat is er toch?" riep de jonge moeder bang.
What is there indeed asked the young mother afraid
    What's happening

"Tegen wie praat je?"
Against who talk you
Who are you talking to

"Stil ... stil ... het gaat voorbij. Dit jaar niet. Het
Quiet quiet it goes by This year not The

volgende jaar."
next year

De andere doden en de gedaante schreden voort.
The other dead and the figure strode on

Bij hen voegden zich meer schimmen van
To them added themselves more shadows of

deze nacht. Het Dodenschip lag klaar. Het was als
this night The Ship of the Dead lay ready It was as

altijd.
always

Weer werden de nieuw gestorvenen in de nevelen
Again became the newly died in the mists
(were)

opgenomen, en ze herinnerden zich niets
taken up and they remembered themselves nothing
(dissolved)

meer van wat er was geschied. Het leven was
(any)more from what there was happened The life was
happened before Life

niet voor en niet achter hen.
not before and not behind them

Er was geen tijd geweest, en er zou geen
There was no time been and there would no
had been no time

tijd komen. Als in een diepe droom was hun geest
time come As in a deep dream was their spirit

gezonken, doch nog peillozer. Als het leven
sunk but even more measureless If the life
(more bottomless)

al een droom is, wat voor een droom is dan
already a dream is what for a dream is then
(kind of)

de dood?
-the- death

Een jaar in mensenland was weer voorbijgegaan,
A year in human-land was again passed

en opeens, als schrokken alle nevelen wakker,
and suddenly as startled all mists awake

hoorde men duidelijk 't geluid van een menselijke
heard one clearly the sound of a human
(they)

stem in het land van de doden doorklinken:
voice in the land of the dead sound through

"Laat mij nog één jaar leven," en tegelijkertijd
Let me still one (more) year live and at the same time

voelden ze een hevige pijn, alsof hun een deel
felt they a severe pain as if them a part

van henzelf, een deel van de mist werd ontzegd,
of themselves a part of the mist became denied
(was)

en de stemmen van de doden antwoordden
and the voices of the dead answered

klagend:
complaining

"Breng hem hier. Laat hem niet leven."
Bring him here Let him not live

Maar het ging voorbij, en de man volgde ook dit
But it went past and the man followed also this

keer niet de dood. Hoeveel malen dit zich
time not the death How many times this itself

herhaalde? Hoeveel malen hoorden zij dit:
repeated How many times heard they this

"Ik ben gelukkig! Laat mij niet in 't geluk
I am happy Let me not in the happiness

sterven."
die

Na wat mensen tien jaren noemen, werd de
After what people ten years call became the
(was)

nevel weer wakker gemaakt, en nogmaals voer het
mist again awake made and still-times sailed the
woken up (yet again)

Schip der doden van Engeland, het rijk van de
Ship of the Dead from Angeland the kingdom of the

mist, over de zee. De schipper zei niets, nadat
mist over the sea The skipper said nothing after that
(captain)

zij bij het land waren gekomen.
they at -the- land were come

De gedaante wist, wat ze moest doen, en ze
The figure knew what they must do and she

gleed het strand op, in de richting van het huis,
glided the beach up in the direction of the house
up on the beach

waar de man woonde. Deze stond buiten zijn
where the man lived This (one) stood outside (of) his

huis, in diepe gedachten, alsof hij voelde dat de
house in deep thoughts as if he felt that -the-

dood weer voor hem kwam.
death again for him came

"Dit jaar zal ik evenals vorig jaar weer geroepen
This year shall I just like last year again called

worden. Het zal nu ook mijn tijd niet zijn .... Ik
become It shall now also my time not be I

zal wel weer het medelijden weten
shall surely again the pity know

op te wekken. Het is nu, dat ik in zorg verkeer,
up to wake It is now that I in worry am
to evoke

want mijn zoon moet een ambacht leren, en
because my son must a profession learn and

voor die tijd mag ik niet sterven. Wie zou voor
before that time may I not die Who would for

de jongen zorgen, als hij zonder vader was?"
the boy care if he without father was

De doden in het land der nevelen hoorden zijn
The dead in the land of the mists heard his

stem overwaaien in de wind. Het was weer tijd
voice blow over in the wind It was again time

om de mensen te oogsten, en in de schemer van
for the people to harvest and in the twilight of

het leven is dat met de dood verbonden. Hun
the life is that with -the- death connected Their
(it)

stemmen antwoordden klagelijk:
voices answered plaintive

"Je weet niet, wat je wacht. Het
You know not what you await It

moet de laatste maal zijn geweest, dat je het
must the last time be been that you the
must have been the last time

leven kon houden. Er zijn al zoveel anderen
life could keep There are already so many others

voor jou in de plaats gedood. Jij behoort niet
for you in the place killed You belong not
in your place

meer in het licht, in de nevel is je woning."
(any)more in the light in the mist is your residence

De man hoorde de stemmen niet, hij wist niet,
The man heard the voices not he knew not

dat iets tegenover zijn onnatuurlijk verlengde
that something opposite his unnaturally lengthened
(in exchange)

leven stond, en hij ging voort te denken:
life stood and he went forth to think
continued

"Ik durf niet te denken, wat er gebeurd zou
I dare not to think what there happened zould

zijn, wanneer ik voor deze tijd was gestorven. Dan
be when I before this time was died Than
(had)

waren mijn vrouw en kind alleen in zorgen
were my wife and kid alone in worry

achtergebleven, en niemand hier
behind remained and nobody here

was zo barmhartig geweest, om hen te helpen.
was so merciful been for them to help
would have been so merciful to help them

Nog veel jaren moet ik leven, misschien over
Still many years must I live maybe over (in)

twintig, dertig jaar kan ik hier gemist worden. En
twenty thirty year(s) can I here missed become And

dan nog... Nee! ik wil wachten, tot ik echt oud
then even No I want to wait until I really old

ben, en het leven me een last is. Voor die tijd
am and the life me a burden is Before that time

niet, voor die tijd niet."
not before that time not

Zijn jonge vrouw kwam naar buiten met hun zoon
His young wife came -to- outside with their son

en gingen op het bankje voor het huis zitten.
and went on the little bench before the house sit

De oudere man bleef staan alsof hij op wacht
The older man remained standing as if he on guard

stond, en tuurde over het land. Ze spraken over
stood and peered over the land They spoke about

de onbelangrijke dingen, die van het leven zijn.
the unimportant things that of the life are
belong to life

Het zonlicht blonk over de wegen en het land,
The sunlight glimmered over the roads and the land

met blijdschap wezen zij elkaar op de rijke
with happiness pointed they each other at the rich

oogsten, welke te verwachten waren, van graan en
harvests which to expect were of grain and

vruchten.
fruits

"Wanneer het vannacht regenen zal," zei de vader,
When it tonight rain will said the father

"mogen wij wel het allerbeste hopen."
may we surely the all-best hope
(expect)

"Er is daarop geen kans," meende de jonge
There is there-on no chance believed the young
There's no chance at that

moeder. "Er zweeft geen wolkje aan de lucht."
mother There floats no little cloud on the air
(sky)

"Het gebeurt meer, dat er dan toch onweer
It happens more that there then still un-weather
(a thunderstorm)

komt, men zegt wel eens uit een onbewolkte
comes one say well once from a unclouded
(they) (indeed)

hemel."
heaven
(sky)

"Kom vader!", zei de jongen, "dat zal wel nooit
Come father said the boy that will surely never
(Oh)

gebeuren."
happen

De man antwoordde niet. Hij staarde voor
The man answered not He stared in front of

zich uit.
himself -out-

Toen zag de man, dat in de verte de avond
Then saw the man that in the distance the evening

kwam. Het zonlicht aan de horizon werd mat
came The sunlight on the horizon became faded

rood   gesluierd,   een   huivering   beefde   door   het
red   veiled   a   shiver   trembled through the

graan,   en   het   groen   der   bomen   werd   donkerder,
grain   and   the   green   of the   trees   became   darker

ervoor   was   een   violette   tint.
before it   was   a   violet   hue

"Onweer   zal   er   niet   komen," zei   de   jongen.
Un-weather   will there not   come   said the   boy
(A thunderstorm)

Ze   zwegen   allen.
They   were silent   all (of them)

Langzamerhand   begon   de   avond   lucht   en   aarde   te
Slowly   began   the   evening   sky   and   earth   to

omvatten.   Was   er   ginder   een   weg   geweest,
embrace   Was there over there   a   road   been
                 Hadn't there been a road over there

waaraan   bomen   stonden? Even   nog   geleden   was   de
where-on   trees   stood   Just   yet   past   was   the
(on which)

zon   een   vuurbol,   nu   was   er   slechts   nagloeien
sun   a   fireball   now   was   there   only   afterglowing
       (fiery ball)

van de ontzaglijke gloed, en voor het overige was
of the incredible glow and for the rest was

't al grauw aan de horizon. Ook het graan, ook
it already gray on the horizon Also the grain also

de boomgaard, ook de sloten, ook de molen
the tree-garden also the ditches also the mill
   (orchard)

werden door nevels van schemer omhuld, het
became by mists of dusk surrounded it
(was)

leek, of alles verder werd gezet dan het
seemed (as) if everything farther became put (back) than it

in de dag had gestaan, verdwijnende.
in the day had stood   disappearing

Het ogenblik kwam, dat de man de gedaante zag
The moment came that the man the figure saw

schrijden, schrijdend door het koren, met rustige
stride   striding through the grain with calm

schreden, als iemand, die haar plicht vervult. Ze
strides as someone who her duty fulfills She

kwam rechtstreeks naar de man, die niet sterven
came straight to the man who not die

wilde. Ze liep niet naar het venster, om daar te
wanted She walked not to the window for there to

kloppen. Ze bleef staan, waar de man stond,
knock She remained standing where the man stood

en ze sprak in mensentaal, en met mensenstem,
and she spoke in human language and with human voice

zodat ook zijn jonge vrouw en hun zoon haar
so that also his young wife and their son her

beiden verstonden.
both understood

"Bent u bereid?" vroeg ze zacht en mild.
Are you prepared asked she soft and mild

"Nog één jaar."
Still one year

"Bent u bereid?"
Are you prepared

"Ik moet voor mijn zoon en mijn vrouw zorgen."
I must for my son and my wife care
take care of my son and my wife

"Dat hoeft niet meer," zei ze streng.
That is needed not more said she severely

Een bliksemstraal laaide langs de hemel, schoot
A lightning beam flamed along the sky shot

naar de aarde, en doodde de jongen en zijn
to the earth and killed the boy and his

moeder. De vader was ongedeerd. Twee doden
mother The father was unharmed Two dead

volgden de gedaante.
followed the figure

Achter hen klonk de wanhopige kreet van de
Behind them sounded the desperate cry of the

man die bij de lichamen van zijn geliefden zat.
man who with the bodies of his loved ones sat

"Laat mij nu ook sterven. Neem mij nu ook mee."
Let me now also die Take me now also along

"Kom," fluisterde de gedaante tegen de net
Come whispered the figure to the just

gestorvenen. "Het schip en het rijk der
died The ship and the kingdom of the

nevelen wachten ons. Over dertig jaar kom ik bij
mists await us Over thirty years come I at
(In)

hem terug. Dertig jaar heeft hij nog te leven."
him back Thirty years has he still to live

Het Vrouwtje van Stavoren

Het	Vrouwtje	van	Stavoren
The	Little Woman	of	Stavoren
	(Old Woman)		

Het	was	in	de	zomer,	en	alles	was	rijk	aan
It	was	in	the	summer	and	everything	was	rich	on (of)

kleur	en	vreugde.	Er	was	zonlicht	over	de	zee,
color	and	pleasure	There	was	sunlight	over	the	sea

zover	men	zien	kon.
so far (as far as)	one	see	could

Golven	van	zonlicht	dansten	met	elkaar,	en	ze
Waves	of	sunlight	danced	with	each other	and	they

zetten	hun	spel	voort	tot	ver	in	de	haven	van
put continued their game	their	game	forth	up to	far	in	the	harbor	of

Stavoren:	wie	kon	denken,	dat	het	dezelfde	golven
Stavoren	who	could	think	that	it	the same	waves

waren,	die	boosaardig	in	de	winter,	tuk	op
were	which	maliciously	in	-the-	winter	eager	on (for)

buit, de vlakke streek bedreigden?
spoil(s) the flat region threatened

De schepen deinden mee in de blije wieging van
The ships bobbed along in the gay swaying of

de zee, en ook hun wimpels wapperden op
the sea and also their pennants fluttered on

dezelfde maat.
the same rhythm

Waren het de moedige, grote schepen, die naar
Were it the bold big ships which to

de verte voeren, naar de landen van de
the distance sailed to the lands of the
(far away regions)

Denen, van de Noren, naar de steden van de
Danes of the Norse to the cities of the

Hanze, diep in het Duitse
Hanseatic League deep in the German
(cities that formed a merchant league)

land, onvervaard tegen storm en rovers?
country fearless against storm and robbers

Ernstig was immers hun taak, ze brachten de
Serious was indeed their task they brought -the-

rijkdom aan hun aller meesteres, de vrouwe van
wealth to their all of mistress the lady of
the mistress of them all

Stavoren. Háár behoorde de zee. Het was echter
Stavoren (To) Her belonged the sea It was however

niet háár wil, dat de wereld op deze zomerdag
not her wish that the world on this summer day

een feest was en niet ter ere van háár dansten
a feast was and not to the honor of her danced

de statige schepen.
the solemn ships

De kinderen stoeiden in de straten. Ze speelden
The children romped in the streets They played

haasje over, en ze sprongen in rijen, lieten
little hare over and they jumped in rows let
leapfrog

elkaar nu eens los, voegden zich dan
each other now -a time- loose added themselves then
(go) (moved)

aaneen, drongen naar een onbekend doel, en
together pressed to an unknown target and

verspreidden zich ineens lachend van elkander.
separated themselves suddenly laughing from each other

Het leek, of zo de golven van de zee hun
It seemed if so the waves of the sea their
(like that)

spel binnen de stad voortzetten.
game within the city continued

De zomerdag was zelfs in de huizen. Het zonlicht
The summer day was even in the houses The sunlight

liet zich niet buitensluiten, het sloop langs reet en
let itself not shut out it crept along crack and

spleet, over riet en hout, tot het zich spreidde in
crevice over reed and wood until it itself spread in

het binnenste van de woning. Wat wist het van
the interior of the residence What knew it of

beletselen? Waar het bijna nog nooit was geweest,
obstacles Where it almost yet never was been
(had)

in de kamers van de vrouwe van Stavoren was het
<small>in the rooms of the lady of Stavoren was it</small>

met zacht fluwelen geweld gedrongen.
<small>with soft velvety violence pushed (in)</small>

Hoog en eenzaam zat zij op haar stoel, de
<small>High and lonely sat she on her chair the</small>

vrouwe van Stavoren. Ze lette niet op de geluiden
<small>lady of Stavoren She let not on the sounds</small>
<small>paid no attention to</small>

buiten, noch op het zonlicht, dat blank aan haar
<small>outside neither on the sunlight that white on her</small>

voeten lag. Ze staarde voor zich uit, en leefde
<small>feet lay She stared before herself -out- and lived</small>

in haar eigen gedachten:
<small>in her own thoughts</small>

Morgen zouden haar schepen uitvaren, alle vijf.
<small>Tomorrow would her ships sail out all five</small>

Het zou maanden duren tot zij zouden
<small>It would months last until they would</small>
<small>(take) (before)</small>

terugkeren; maar ook die tijd moest komen. Dan
turn back   but   also   that   time   must   come   Than
(return)

zou ze haar goudgeld niet meer kunnen tellen.
would she her gold money not (any)more be able to count

Ze zou het verbergen op verscholen plaatsen,
She would it hide on hidden places

opdat begerige ogen het niet konden vinden.
so that greedy eyes it not could find
                                          (would be able to)

Wie zou dan rijker zijn dan zij?
Who would then more rich be than her

Hierover dacht de vrouwe van Stavoren op deze
Here-about thought the lady of Stavoren on this
(About this)

dag, terwijl haar schepen wiegelden in het
day while her ships swayed in the

zonnelicht. Ze haatte de vreugde, die alom was,
sunlight She hated the happiness that all around was

het spel, dat ze niet verhinderen kon. Hoog en
the game(s) that she not impede could High and

eenzaam zat ze. Doch plotseling geschiedde er
lonely   sat she But   suddenly   happened   there

iets   buiten   op   straat.   Er
something   outside   on   (the) street There

was kinderlachen   geweest van   de   vroege   morgen
was children's laughing been   from the   early   morning
had been laughing of children

en 't hield eensklaps op.
and it held   suddenly   on
        suddenly stopped

Het vervloeide niet, het stierf niet weg ... het stiet
It   poured away not   it   died   not   away   it   struck
     (faded away)

aan tegen de   stilte. Ja, inééns   was het doodstil,
-on- against the silence Yes suddenly was it   deathly silent

terwijl het zonlicht bleef.   Het was niet de   stilte
while   the sunlight remained It   was not   the silence

vóór   naderend   onweer,   of vóór   de   storm,
before (an) approaching un-weather   or before the storm
                          (thunderstorm)

die   zijn zwarte, zware wolken aan de
which   its   black   heavy clouds on   the

glanzende horizon doet rijzen. Niets van schaduw
glistening horizon makes rise Nothing of shade

was er en de vrouwe van Stavoren hief
was there and the lady of Stavoren rose

verwonderd 't hoofd.
surprised the head

Toen klopte ze op de tafel, en nòg eens,
Then knocked she on the table and yet once
once again

ongeduldig.
impatiently

De dienstmaagd stond voor haar.
The service-maid stood before her
(maid)

"Ga zien, wat op straat is, Margriet, en breng
Go see what on (the) street is Margriet and bring

me het nieuws."
me the news

Weer zette ze zich recht, en ze wilde haar
Again set she herself straight and she wanted her
straightened she herself

gedachten weer in het eerdere patroon laten
thoughts   again in the earlier patterns let

terugkeren. Eens zouden haar schepen terugkomen,
return   Once would her ships   come back

alle vijf... En 't goud... Haar blik wendde zich
all five And the gold Her glance turned itself

naar een andere richting. Was daar niet zo-even
to an other direction Was there not so-a bit
                      (Had)   (just now)

zonlicht aan de wand geweest?
sunlight on the wall been

Zou toch onweer dreigen? Hoe stil was de
Would yet (a) thunderstorm threaten How silent was the

stad. Margriet zou dadelijk wel terug zijn...
town Margriet would soon surely back be

Misschien was er een nieuw schip in de haven!
Maybe was there a new ship in the harbour

Een zeil was in de verte gezien, dat men niet
A sail was in the distance seen that one not
          had been seen in the distance

kende? Gingen vreemde zeevaarders aan land? Of
knew   Went   strange   sea-farers   on   land   Or

zou er iets met haar eigen schepen...?
would there something with her own ships...

Ze klemde haar hand vast om 't hout.
She gripped her hand tight around the wood

Nee, dat zou niet mogelijk zijn. En toch...
No that would not possible be And yet

Nee, op deze stille zomerdag kon in de haven
No on this silent summer day could in the harbour

van Stavoren geen schip vergaan!
of Stavoren no ship perish

En toch...?
And yet

Wanneer de vijf vaartuigen weer... zou zij de
When the five vessels again would she the

rijkste...
richest

Waar bleef   Margriet?
Where remained   Margriet
   What kept

Het   zonlicht   was   zo-even   niet   op   de   wand
The   sunlight   was   just now   not   on   the   wall
                  (had)

geweest,   wel   aan haar voeten, waar   't   nu   ook
 been   indeed at   her   feet   where it   now   also

lag.
lay

Waarom wilden haar gedachten niet terugkeren?
 Why   wanted   her   thoughts   not   return

Angstig   keek   zij   om   zich   heen. Ze   stond op
Fearfully looked she around herself -to-   She   stood   up

van   haar stoel, en ging de kamer uit. Ze   werd
from   her   chair   and went the room   -out- She became

naar de stille straat gedreven.
 to   the silent street   driven
                         (pushed)

Niemand   zag   ze.   Geen   geluid   hoorde   ze.
Nobody   saw   she   No   sound   heard   she

Onbewegelijk was 't felle zonlicht.
Unmoving was the bright sunlight

Haar bloed woog zwaar in haar willoos lichaam,
Her blood weighed heavily in her willless body

en als een sterke band voelde ze de angst om
and as a strong band felt she the fear around

haar brein. Stap voor stap naderde ze de haven...
her brain Step for step approached she the harbor
(after)

Wanneer haar schepen?
When her ships

Niets was er gebeurd. De schepen wiegelden in
Nothing was there happened The ships swayed in
had

het zonnelicht, zacht speelden de golfjes, het
the sunlight softly played the waves the

zonlicht was over de zee, en niet één klein, wit
sunlight was over the sea and not one little white

wolkje zweefde aan de strak blauwe lucht.
small cloud floated on the tight blue sky
(clear)

Ze bemerkte, dat allen uit de stad zich
She noticed that all from the town themselves

tezamen drongen, en trots liep ze naar het
together pressed and proud walked she to the

volk, de vrouwe van Stavoren, die geen vrees
people the lady of Stavoren who no fear

hoefde te kennen. Ze sprak slechts enkele
needed to know She spoke only (a) few

woorden: "Ga opzij," en allen maakten voor haar
words Go aside and all made for her

plaats.
place
(room)

Een in lompen gehulde man zag zij. Hij lag neer
An in rags wrapped man saw she He lied down

op de grond, van honger en uitputting bijna
on the ground of hunger and exhaustion almost

bewusteloos. Zijn voeten waren bloot, en straaltjes
unconscious His feet were bare and small rays

bloed liepen uit 't gepijnigde vlees. Om zijn
(of) blood ran out (of) the tortured flesh Around his

magere, doodswitte benen was nauwelijks nog een
skinny dead-white legs was hardly still a

gerafelde broek.
frayed pants

Doch 't vreselijkst om te aanschouwen waren zijn
But the most terrible for to look at were his

handen, die lang gestrekt waren. Het geraamte
hands which long stretched were The skeleton

schemerde er als een schaduw doorheen. Zijn
faintly shone there as a shadow though His

mond was iets geopend: de tanden stonden los
mouth was a little opened the teeth stood loose

in 't bleke vlees. Kin en wangen waren diepe
in the pale flesh Chin and cheeks were deep

kuilen, hoog staken de jukbeenderen er boven.
pits high stuck the jawbones there over
above them

Er was geen vreeswekkender armoede dan de
There was no more fearful poverty than -the-

zijne.
his

Iedereen keek naar de vrouwe van Stavoren, wat
Everyone looked at the lady of Stavoren what

zou zij nu denken?
would she now think

Natuurlijk zou ze enige lieden roepen, die de
Of course would she some fellows call who the

man naar haar huis moesten dragen. En zelf zou
man to her home must carry And self would

ze hem weer opknappen, en hem reisgeld
she him again revive and him travel money

geven, wanneer hij verder trekken wilde. Zijn
give when he further journey wanted His

gekneusde voeten zou ze met schoon linnen
bruised feet would she with clean linen

omzwachtelen, zijn verteerde ledematen kleden, en
wrap / his / emaciated / members / dress / and
(bandage)

ze zou blij zijn, dat zij de arme man had
she / would / happy / be / that / she / the / poor / man / had

gered.
saved

Waarom bleef haar trotse mond gesloten?
Why / remained / her / proud / mouth / closed

De man richtte zich iets op, en keek naar haar.
The / man / directed / himself / a bit / up / and / looked / at / her
got up a little

Zijn ogen... Hoe ze staarden naar de rijke vrouwe,
His / eyes / How / they / stared / at / the / rich / lady

die slechts één woord had te spreken, en de
who / only / one / word / had / to / speak / and / -the-

Dood was verjaagd! Nimmer voor die tijd had
Death / was / chased away / Never / before / that / time / had

men geweten, dat ze zó machtig was. Ze kon de
one / known / that / she / so / powerful / was / She / could / the
(they)

Dood verdrijven, wanneer ze dit verlangde.
Death drive away when she this desired

Men wachtte op haar milde troost.
One waited on her mild consolation
(The people) awaited

En toen begon de man te spreken.
And then began the man to speak

"Help mij," zo smeekte hij. Met moeite wendde hij
Help me so begged he With trouble turned he

zich, hij knielde, en strekte zijn magere armen
himself he kneeled and stretched his skinny arms

naar haar uit. Meer nog dan zijn woorden, was
towards her -out- More still than his words was

dit zwijgend gebaar een bede.
this silent gesture a prayer

En geen gestalte in de drom van mensen, die in
And no figure in the crowd of people who in

zijn afwachtende onbewegelijkheid niet mèt hem
their waiting immobility not with him

smeekte.
begged

Want zij allen voelden, dat alleen de vrouwe van
Because they all felt that only the lady of

Stavoren hem redden kon. Wat was de Dood
Stavoren him save could What was -the- Death

tegen haar? Met het uitstrekken van één vinger
against her With the out-stretching of one finger
(pointing)

dreef ze de honger ver buiten de stad! Wanneer
drove she -the- hunger far outside the city When
(chased)

zij even glimlachte, was de armoede in
she for a short while smiled was -the- poverty in

een land verdwenen. En men wachtte... Men
a country disappeared And one waited One
(They)

wachtte bang. Maar de vrouwe van Stavoren
waited afraid But the lady of Stavoren

lette niet meer op de arme man.
let not more on the poor man
did not pay attention anymore

Ze staarde naar de zee... Haar schepen waren nog
She stared at the sea Her ships were still

in de haven. Morgen al zouden zij zee kiezen.
in the harbor Tomorrow already would they sea choose
set sail

In haar oren klonk het rinkelen van het geld, dat
In her ears sounded the tinkling of the money that

ze winnen zou. Zij voelde haar trots als een
she win would She felt her pride as a
(gain)

bedwelming, een roes van blijde angst; en ze
intoxication a high of happy fear and she

sidderde in haar kleed van goudbrocaat, vol
shivered in her dress of gold-brocade full

eerbied voor haar eigen rijkdom.
(of) reverence for her own wealth

Van de schepen gleed haar blik naar haarzelf, en
From the ships slid her glance to herself and

129

ze bezag zich, zoals zij stond temidden van het
she looked at herself like she stood in the middle of the

nederige volk, voor de man,
humble people before the man

die zijn handen naar haar uitstrekte. Van verre
who his hands to her out-stretched From afar
who stretched his hands out to her

schenen zijn woorden te komen, zo zwak was zijn
seemed his words to come so weak was his

stem:
voice

"Help mij."
Help me

En van alle zijden druisten de stemmen op haar
And from all sides pressed the voices up (to) her

in: "Help hem."
-in- Help him

Vleiend bewonderden haar ogen de granaatappelen,
Flattering admired her eyes the pomegranates
(Adulatory)

de bloemen, de ranken, rijk geweven in haar
the flowers the vines richly woves in her

statig gewaad. Elke figuur zag zij aan: als in
stately garment Each figure saw she on as in
(looked) (in the face)

een wonderschone droom glimlachte ze.
a wondrously beautiful dream smiled she

Allen meenden, dat haar milde daad volgen zou.
All believed that her mild deed follow would

Ze glimlachte zeker om de goede gedachten, en
She smiled surely for the good thoughts and

het geluk van 't medelijden was in haar hart.
the happiness of the pity was in her heart
(must be)

Hoe zalig zijn zij, die geven mogen. Welk een
How blessed are they who give may Which a
(What)

gave is de rijkdom voor hen, die milddadig zijn.
gift is -the- wealth for those who munificent are

De arme man deed zijn handen zinken.
The poor man did his hands sink
lowered his hands

Het verlossend woord zou nu worden gesproken.
The redeeming words would now become spoken
(be)

Ach! niemand wist, dat ze slechts gelukkig was om
Ah nobody knew that she only happy was for

haar kleed, en dat zij niet had geluisterd naar de
her dress and that she not had listened to the

kreet van de arme. Niemand wist, dat ze alleen
cry of the poor (man) Nobody knew that she only

droomde van een weefsel van granaatappelen,
dreamed of a weave of pomegranates
(cloth)

bloemen en ranken, en dat ze niet begreep, hoe
flowers and vines and that she not understood how

men op haar goede gaven wachtte.
one at her good gifts waited
(they) (for)

Daar zij bleef zwijgen, hief de man met meer
There she remained silent lifted the man with more

moeite zijn armen op. Nog zachter, nog verder
trouble his arms up Still softer still farther

klonk   zijn stem:
sounded his voice

"Help mij."
Help   me

Het   volk   zweeg.   Wie was het, die beter nog
The   people were silent Who was   it   who better still

vragen kon? Vastgeklemd was   aller   verwachting
ask   could Gripped   was   everyone's expectation

aan het gelaat van de trotse vrouwe.
to   the face   of   the proud   lady

Toen zag   ze   naar de   smekeling. Ze strekte   haar
Then looked she at   the supplicant She stretched her

hand uit, niet om   te geven. Met   schrik luisterde
hand out   not   for to give   With fear   listened

  men   naar haar woorden.
  one   to   her   words
(the people)

"In   Stavoren is   geen plaats voor zwervers en
In   Stavoren is   no   place   for   bums   and

bedelaars.   Wij   hebben   geen lieden nodig,
beggars   We   have   no   chaps   necessary
no need for chaps

die niet werken willen.   Maak, dat je weg komt.
who not work want   Make that you away come
who don't want to work   Go away

En jullie allemaal! is er geen werk meer in
And you all   is there no work (any)more in

deze stad, dat jullie uit je werkplaatsen rennen?"
this city that you from your work-places run
                     (workshops)

Geen kracht had de arme, zijn handen te
No power had the poor (man) his hands to

doen zinken. Zijn hoofd bleef naar haar gericht,
do sink His head remained to her directed
lower

en het leek, of hij haar bleef smeken. Roerloos
and it looked (as) if he her kept begging Immobile

was het volk, de mannen zelfs van haar schepen.
was the people the men even from her ships

"Niemand hoeft te helpen, want het kwade
Nobody needs to help because the bad

voorbeeld zal niet gegeven worden in Stavoren.
example shall not given be in Stavoren
be given

Het kwade voorbeeld is de pest, gaande van huis
The bad example is the plague going from house

tot huis. Schaam je, jullie allemaal, die het kwade
to house Shame (on) you you all who the bad

voorbeeld niet verjaagt."
example not chases away

Was er iemand, die iets mompelde? Er
Was there somebody who something muttered There

was een stem geweest, die duister klonk. Iemand
was a voice been who dark sounded Somebody
(had)

had gedreigd.
had threatened

De vrouwe van Stavoren richtte zich hoger op,
The lady of Stavoren directed herself higher up
raised herself higher

en haar ogen, machtiger dan de Dood, zagen
and her eyes more powerful than -the- Death looked

van de een naar de ander. Zo probeerde ze
from -the- one to the other So tried she

uit te vinden, wie zou hebben gemompeld. Het
out to find who would have muttered It
to find out

was slechts een rimpeling van wrok geweest, en in
was only a ripple of spite been and in

de roerloosheid was deze al opgelost.
the immobility was this already dissolved

"Ga weg uit Stavoren," zei eindelijk de vrouwe
Go away from Stavoren said finally the lady

weer tot de bedelaar, "en weet, dat je hier niet
again to the beggar and know that you here not

terugkeren mag."
return may

"Ik ben stervende, geeft me alstublieft een beetje
I am dying give me please a bit (of)

brood!"
bread

Er was een man in de menigte, die naar zijn
There was a man in the crowd who to his

huis wilde gaan, om het voedsel te halen. De
house wanted to go for the food to fetch The

stem van de vrouwe riep hem.
voice of the lady called him

"Blijf hier! Als hij sterven wil, is dit zijn plaats."
Stay here If he die wants is this his place

Toen stond de arme man op. Een wonder
Then stood the poor man up A miracle
Then the poor man stood up

geschiedde. Als een jongeling was hij, rank en
happened As a young man was he tall and

recht, en zijn stem was als van een ridder, die
straight and his voice was as of a knight who

uitdaagt tot de strijd. Er was een vlam in zijn
challenges to -the- battle There was a flame in his

ogen, die fel uitschoot naar de trotse vrouwe.
eyes which fierce shot out to the proud lady

"Een vloek zij over u."
A   curse be over you

Ze deinsde niet terug. Schamper lachte ze.
She shrank not back Disdainful laughed she

"Wie durft mij te vervloeken," en ze strekte haar
Who dares me to   curse   and she stretched her
                  to curse me

hand uit, en wees naar de vijf schepen,
hand out and pointed at the five ships

wiegelend in de haven.
swaying in the harbor

"Zie je ze daar? Ze zijn van mij."
See you them there They are from me
                        belong to

De bedelaar liep krachtig op haar toe, tot hij
The beggar walked powerfully on her to until he
                      towards her

vlak voor haar stond. Bijna raakte zijn gelaat
right in front of her stood Almost touched his face

het hare. Fluisterend hernam hij, zodat zij alleen
the hers Whispering continued he so that she only

het hoorde, "Ze zijn van de zee, vrouwe van
it heard They are from the sea lady of

Stavoren. U zult sterven... armer en ellendiger
Stavoren You shall die poorer and more miserable

dan ik zo-even leek..."
than I just now looked

Zwijgend nam zij de ring van haar vinger, en ze
In silence took she the ring off her finger and she

wierp het kleinood in de golven.
threw the jewel in the waves

"Eerder komt die ring terug, ellendige bedelaar,
Earlier comes that ring back miserable beggar
(Rather)

dan dat uw woorden waar zijn. Ik ben de vrouwe
than that your words true are I am the lady

van Stavoren!"
of Stavoren

"Veracht en niet beklaagd," fluisterde hij. "Hoe
Despised and not pitied whispered he How

vreselijk zal uw lot zijn. Bedenk u nog
terrible will your fate be Rethink yourself still

éénmaal."
once

"Ik heb mij niet meer te bedenken."
I have myself not (any)more to rethink

"Bij Christus-bloed! de ring zal terugkeren."
By Christ-blood the ring will return

Ruggelings viel hij neer, nadat hij dit nog had
Backwards fell he down after he this still had

gezegd. Zijn magere leden strekten zich
said His skinny members stretched themselves

recht. De ogen werden gebroken. De mond sloot
straight The eyes became broken The mouth closed

zich. Zijn kleren waren als losse stukken doek,
itself His clothes were like loose pieces (of) cloth

neergesmeten over een naakt en erbarmelijk lijk.
cast down over a naked and pitiful corpse

"Keer terug naar jullie woningen!" beval de
Turn back to your houses ordered the

vrouwe van Stavoren tot het volk. "Mijn mannen
lady of Stavoren to the people My men

zullen de dode in zee werpen. En besef
will the dead in (the) sea throw And realize

allemaal, dat dit een voorbeeld is voor de
all (of you) that this an example is for the

luiaards. Wie niet werken wil, heeft geen
lazy characters Who not work wants has no
(slackers)

brood, en sterft van de honger."
bread and dies of -the- hunger

Het zonlicht was over het bruisende, wijde water.
The sunlight was over the frothing wide water

Het zonlicht was in de straten. Maar de kinderen
The sunlight was in the streets But the children

speelden vandaag niet meer, en de stad was
played today not (any)more and the city was

dood. In de stille huizen zaten de mensen, en
dead In the silent houses sat the people and

met wrok in het hart vervloekten ze hun wrede
with spite in the heart cursed they their cruel

meesteres.
mistress

In hare eenzame woning zat de vrouwe van
In her lonely residence sat the lady of

Stavoren.
Stavoren

De dag ging voorbij, en de avond kwam.
The day went passed and the evening came

In het duister wierp een man, in dienst van de
In the dark threw a man in service of the

vrouwe, het lijk in zee. En de volgende dag
lady the corpse in (the) sea And the following day

voeren alle vijf de schepen af. Het volk van
sailed all five -the- ships off The people of
(set)

Stavoren staarde ze na, en niemand sprak een
Stavoren stared them after and nobody spoke a
            after them

woord.
word

Toen kwamen nieuwe dagen, de tijd werd
Then came new days the time became

volbracht. Het verleden was vergaan en het heden
fulfilled The past was gone and the present

vervloeide in de eeuwigheid. De vrouwe van
flowed into -the- eternity The lady of

Stavoren was de zomertijd alweer vergeten, en ze
Stavoren was the summertime already forgotten and she
     (had)

dacht aan het moment, dat haar schepen zouden
thought on the moment that her ships would
  (of)

terugkeren. Wat was de vloek van de bedelaar
come back What was the curse of the beggar

voor háár?
for her

De herfst ging immers voorbij, zonder een kwaad
The autumn -went- indeed passed without a bad

teken? De winter volgde de herfst, en zie, daar
sign The winter followed the autumn and see there

kwam een koerier uit Hamburg, die vertelde van
came a messenger from Hamburg who told of

de goede dingen, welke een van de schepen in
the good things which one of the ships in

Hamburg had geladen.
Hamburg had loaded

Fel klopte 't hart van de vrouwe, en ze gaf de
Fierce beat the heart of the lady and she gave the

koerier vriendelijke woorden. Toen kwam de blijde
messenger friendly words Then came the happy

lente, en de uitbundige zomer trad aan in de
spring and the exuberant summer stepped -on- in the

dans van de getijden.
dance of the seasons

Het was op een dag, gelijk van kleur en vreugde
It was on a day same of color and joy

als een jaar geleden, dat de kinderen weer
as a year ago that the children again

speelden in de straten van de stad, en er
played in the streets of the city and -there-

liederen schalden van wijd en zijd. Het zonlicht
songs sounded from wide and side / all directions The sunlight

was tot diep gezonken in de zee, en drong ver
was to deep sunk in the sea and pressed far

in de huizen.
into the houses

Niemand lette op de eenzame man, die op zijn
Nobody let on / paid attention to the lonely man who on his

schouders een grote mand droeg, en langzaam,
shoulders a large basket carried and slowly

schijnbaar doelloos, zijn weg ging. Hij liep langs
seemingly aimless his way went He walked by

de spelende kinderen, en hij stond stil   voor   't
the   playing   children   and   he   stood   still   in front of the
                                stopped

huis van de vrouwe van Stavoren. Hij klopte aan
house of the lady of Stavoren He knocked at

haar deur. Zij zelf deed hem open, en vroeg
her door She herself did him open and asked
                 opened the door for him

wat hij wilde.
what he wanted

"Ik heb een vis gevangen, zo groot, als nog nooit
I have a fish caught so big as yet ever
         caught a fish

een mens heeft gezien. En ik dacht, dat is
a man has seen And I thought that is

  iets   voor de rijke vrouwe."
something for the rich lady

Zij zei:
She said

"Laat die vis aan mij zien,   zodat   ik
Let that fish to me see so that I
    Show me that fish

er   over   oordelen kan."
there over   judge   can
can judge it

Hij   sloeg   't deksel van de mand   op   en   hoog
He   struck the lid   of   the basket up   and high
                lifted the lid of the basket

sprong het levende dier,   en   viel, de   wijde bek
jumped the living   animal and fell   the wide   mouth

in   ademnood   open,   tegen   de   grond.   Zich
in   breathlessness open   against the   ground   Itself

wringende in bochten sprong en   viel hij weer.
wringing   in curves   jumped and fell he   again

Hij   mat   meer   dan   de   lengte van de
He   measured more   than the length of   the

uitgestrekte armen van een man, gemeten   van   de
outstretched arms   of   a   man   measured from the

uiterste top van middelvinger   tot middelvinger,
extreme   top of   (the) middle finger to   (the) middle finger

en   zijn kop   was bijkans zo groot als de   breedte
and his   head was almost   as big   as   the width
     (its)

van een mannenborst van schouder tot schouder.
of   a   man's chest   from shoulder   to   shoulder

Als een maliënkolder was zijn sterke, geschubde
As   a   chainmail   was its   strong   scaled

lijf, en zijn staart beukte   tegen   de   vloer met   het
body and its   tail   smashed against the floor with the

geweld   van een hamer.
violence of   a   hammer
(force)

"Al   sinds de   morgen   worstelt hij zo met   de
Already   since the morning wrestles he   so with the

dood," sprak de   visser,   "en   u   mag wel   een
death   spoke the fisherman and you may well a

zwaard gebruiken, als u   hem wilt doen sterven.
sword   use   if   you him want do   die
                                      want to kill it

Dat   is voedsel voor u,   bijlo!   U   kunt uzelf   er
That is food   for   you by god You can   yourself there
                              (archaic)

aan vergasten."
on   treat

Ze wendde haar trotse gelaat naar hem, en sprak:
She turned her proud face to him and spoke

"Deze vis is van mij. Wat de prijs ook is, ik zal
This fish is of me / mine What the price also is / may be I shall

u er voor betalen. Of beter" en ze opende
you there for pay Or better and she opened

haar beurs, het goud viel op straat. "Dat is voor
her purse the gold fell on (the) street That is for

u."
you

Zij kende zichzelf niet weer. Zij voelde, dat zij
She knew herself not back / did not recognize herself She felt that she

deze vis moest bezitten. Ze dong niet af, zoals
this fish must possess She solicited not off / did not haggle as

haar gewoonte was. Het leek, of een stem in
her habit was It seemed (as) if a voice in

haar binnenste haar dwong, zich van het
her inner her forced herself of the

koninklijke beest meester te maken; en zij zelf
royal beast master to make and she herself
become the owner

besloot het wilde dier te doden.
decided the wild animal to kill

De koopman droeg de vis naar binnen en
The merchant carried the fish -to- inside and

haar keuken in, en liet haar alleen. Niemand in
her kitchen into and let her alone Nobody in
into her kitchen

de stad had gemerkt, wat voor een
the city had noticed what for a
to call out something

kostbaarheid ze had gekocht.
costliness she had bought
(treasure)

De vrouwe van Stavoren nam een mes en knielde
The lady of Stavoren took a knife and knelt

neer. Ze wachtte niet, en sneed met forse rukken
down She waited not and cut with robust yanks

de kop af, en opende het lijf van de zijkant.
the head off and opened the body from the side

Toen tastte ze diep in de weke ingewanden,
Then felt she deep inside the weak innards

haar vingers stoten tegen iets hards, ze
her fingers bumped against something hard she

greep... In haar hand hield ze een ring... Ze
grabbed In her hand held she a ring She

duizelde.
dizzied
(got dizzy)

Het was de ring, die ze in zee had
It was the ring which she in (the) sea had

geworpen...
thrown

Ze staarde ernaar in waanzinnige angst. Ze wilde
She stared there-at in mad fear She wanted
          (at it)

iets roepen... ze wilde zich verbergen, ze
something shout she wanted herself hide she
to call out something

wilde de ring van zich af werpen, doch deze
wanted the ring from herself off cast but this

vrees was nog machtiger dan de angst voor de
fear was still mightier than the fear for -the-
(of)

dood, en ze moest kijken naar het goud in haar
death and she must look at the gold in her

hand.
hand

Ze had de drang om te vluchten, en huilend
She had the urge for to flee and weeping

liep ze naar buiten, op straat, waar de
walked she -to- outside on (the) street where the

kinderen speelden.
children played

Het volk stroomde toe en omringde haar.
The people flowed to and surrounded her

Geen mens naderde. Ze stond alleen in de wijde
No human approached She stood alone in the wide
Nobody

kring, met haar waanzin alleen.
circle with her madness alone

"Help mij," kreet ze eindelijk in vertwijfeling. "Al
Help me cried she finally in despair All

mijn rijkdom voor wie me de ring ontneemt."
my wealth for who me the ring takes away
who takes away the ring from me

Niemand had ontferming. Toen wilde ze
Nobody had mercy Then wanted she

de ring van zich af werpen.
the ring from herself off throw
to throw away the ring

Het lukte haar niet. Machteloos was ze, als een
It succeeded her not Powerless was she as a
She couldn't do it

bedelaar, want haar rijkdom had geen waarde
beggar because her wealth had no value

meer. Niemand wilde haar bijstaan. Zij was
(any)more Nobody wanted her assist She was
to assist her

vervloekt door haar slechte daad.
cursed by her evil deed

Want van haar vijf schepen keerde er geen
Because from her five ships turned there none

153

terug in Stavoren. Ze wachtte in haar eenzame
back in Stavoren She waited in her lonely

huis op hun tijding. Ze zag het licht rijzen, het
house on their message She saw the light rise the
(for)

duister dalen, vele malen. Als ze van straat
darkness descend many times When she from (the) street

hoorde, dat er een zeil was, aan de horizon van
heard that there a sail was on the horizon of

de zee, liep ze naar de haven, en alleen stond
the sea walked she to the harbor and alone stood

ze. Maar nimmer was het een schip van háár.
she But never was it a ship from her

Men vertelt van de vrouwe van Stavoren, dat haar
One tell of the lady of Stavoren that her
(They)

geld slonk. Iedere dag kromde zich haar rug
money decreased Every day bent itself her back

méér. Een oud, hulpeloos vrouwtje werd ze, met
more An old helpless woman became she with

geel — yellow
gerimpeld — wrinkled
vel — skin
en — and
met — with
bevende — shaking
handen. — hands

Ze — She
leunde — leaned
op — on
haar — her
stok, — stick (cane)
als — when
ze — she
naar — to
zee — (the) sea
keek. — looked

En — And
dit — this
was — was
misschien — maybe
wel — even
haar — her
vreselijkste — most terrible

straf: — punishment
dat — that
ze — she
hoopte — hoped
op — at
de — the
terugkomst — return
van — of
de — the

schepen. — ships

Haar — Her
oude, — old
moede — tired
ogen — eyes
tuurden — peered
naar — at
de — the
eindeloze — endless

verte — distance
en — and
de — the
angst — fear
van — and
de — the
verwachting — expectation
omknelde — gripped

haar — her
keel — throat
als — as
een — a
strop. — noose
Iedere — Every
dag — day

strompelde — stumbled (walked with difficulty)
ze — she
naar — to
haar — her
huis, — home
denkend: — thinking

155

"Morgen zullen ze komen..."
Tomorrow will they come

En zo gingen de dagen voorbij, tot er niets
And so went the days passed until there nothing

meer was in haar woning. Ze verkocht haar
(any)more was in her residence She sold her

huis, en leefde voortaan in een krot. En toen
house and lived from then on in a hovel And then

kwam het uur, dat haar laatste duit voor brood
came the hour that her last penny for bread

was betaald.
was paid

Steunend op haar stok, en tastend, want bijkans
Leaning on her stick and groping because almost
(cane)

blind was ze, ging ze van huis tot huis, bedelend
blind was she went she from house to house begging

om barmhartigheid. Ze klopte aan de
for mercy She knocked on the
(charity)

huizen,		het	vrouwtje	van	Stavoren.	De
houses		the	little woman	of	Stavoren	The
(doors of the houses)			(old woman)			

deuren	bleven	voor	haar	gesloten,	en	ze
doors	remained	for	her	locked	and	she

betwistte	met	haar	zwakke,	bevende	vingers	de
disputed	with	her	weak	shaking	fingers	the

honden	hun	voedsel.
dogs	their	food